MÁRIA SZEPES

MÄRCHENLAND GONDWANA

Roman

Deutsche Erstausgabe

WILHELM HEYNE VERLAG
MÜNCHEN

HEYNE SCIENCE FICTION & FANTASY
Band 06/5108

Titel der ungarischen Originalausgabe
A MESÉS GONDVÁNA
Deutsche Übersetzung von Gottfried Feidel
Umschlagbild: Andreas Reiner

Redaktion: F. Stanya

Printed in Germany 1993
Umschlaggestaltung: Atelier Ingrid Schütz, München
Technische Betreuung: Manfred Spinola
Satz: Schaber Satz- und Datentechnik, Wels
Druck und Bindung: Elsnerdruck, Berlin

ISBN 3-453-07272-3

Inhalt

Meine eingelegten Ruder triefen,
Tropfen fallen langsam in die Tiefen.
Nichts, das mich verdroß! Nichts, das mich freute!
Niederrinnt ein schmerzenloses Heute!
Unter mir — ach, aus dem Licht verschwunden —
Träumen schon die schönern meiner Stunden.
Aus der blauen Tiefe ruft das Gestern:
Sind im Licht noch manche meiner Schwestern?

— C. F. Meyer

1.

Die Durchreisenden

Tilla war ein gesundes, wunderschönes, kleines Mädchen. Sie sah ihrer Mutter, einer blendend weißhäutigen, silberblonden Sängerin, die ihr Kind vergötterte, überhaupt nicht ähnlich. Ursprünglich wurde sie Ottilie getauft, nur ihre Mama nannte sie zärtlich Tilla-Tintinella. Bettina Orlandino wurde in Norditalien geboren, doch ihr gehörte die ganze Welt, und sie gehörte der Welt. Ihre flüssige, heiße, silberne Koloraturstimme, ihre vollkommenen Läufe, die bis zu den allerhöchsten Tönen hinaufkletterten, das Licht und die Kraft ihres Gesangs, der keinen Gickser kannte, bezauberten das Publikum auf den Bühnen aller Länder und sämtlicher Kontinente. Tilla kannte ihren Vater nicht, obwohl Männer in den wechselnden eleganten Hotelquartieren aus- und eingingen und überall riesige Blumenkörbe standen. In Wirklichkeit aber hatten sie nur einander. Die Mutter nahm ihr kleines, allmählich heranwachsendes Töchterchen mit der Kreolenhaut und den leuchtendgrünen Augen überallhin mit. Sie hätte sich keinem Schatz, keinem Erfolg zuliebe von ihrem Kind getrennt. Freilich reiste auch ein Kindermädchen in ihrer Begleitung, damit Tilla keinen Augenblick lang unbeaufsichtigt blieb. Angesichts der explosionsartig ansteigenden Zahl der Bevölkerung, der Konflikte zwischen Reichen und arbeitslosen Armen, der Demonstrationen, der in erschreckendem Maße hochschlagenden Welle der Kriminalität, der Probleme der Umweltverschmutzung zu

Beginn des 3. Jahrtausends wurden sie in ihrer klimatisierten Residenz hoch oben in den Bergen, die sich nur wenige Menschen leisten konnten, von Detektiven bewacht — dort, wo aus den Hähnen noch mehrmals gefiltertes, sauberes Wasser floß und die Terrassen von durchsichtigen Kuppeln vor der giftigen Wirkung von Blei und Kohlendioxid und vor den UV-Strahlen geschützt wurden, die durch die Löcher in der Ozonschicht einfielen. Die Kaste der Privilegierten kapselte sich immer mehr ab, schützte ihre Lebensform nebst Zubehör gleich einer uneinnehmbaren Festung. Auch die Unterhaltungs- und Dienstleistungsunternehmen waren ihren Mäzenen gefolgt, die sich krampfhaft an ihre unhaltbare Situation klammerten: die ganze ›Infrastruktur‹ der Opern, Konzertsäle, Theater, Klubs, Restaurants, Hallenbäder, Sportstätten, Krankenhäuser, Sanatorien, Schulen, Universitäten, Laboratorien, Treibhäuser, Luxushotels und Kirchen. Niemand wußte, wie lange man die Viren jener durch die Zivilisation hervorgerufenen Krankheiten noch aufhalten konnte, welche die dahinvegetierenden, rebellierenden Massen provozierten und auch von innen her an ihnen nagten. Am liebsten wollte man sich gar nicht darum kümmern.

Bettina Orlandino nahm ihr Töchterchen auch zu den Proben mit. Tilla war ein ungewöhnlich stilles, braves Kind. Sie saß stundenlang in der Nähe des Flügels, die Hände im Schoß, und hörte den Melismen und Arien ihrer Mutter zu. Mit den glitzernden Laternen ihrer weitgeöffneten Augen beobachtete sie die Finger des Begleiters, die über die Klaviatur tanzten, lauschte Bettinas Trillern. In ihren ersten Lebensjahren beunruhigte sie ihre Umgebung dadurch, daß sie kein Wort sprach. Sie lächelte nur mit ihren Grübchen, nickte oder schüttelte den Kopf, zeigte auf Gegenstände. Sie liebte die Tiere abgöttisch, und diese sie ebenfalls. Die heiklen, empfindlichen Schoßhündchen ihrer Bekannten, ihre Rassekatzen und Vögel ließen sofort ihre Herrchen und Frauchen stehen, pochten ans Gitter ihrer Käfige, um auf Tillas Schoß zu hüpfen, sich an sie zu schmiegen, um ihre Liebkosungen zu betteln, auf ihre Schultern zu flattern und sie mit zärtlichem Gezwitscher zu umschmeicheln. Ihre Mutter pflegte den Besuchern stets voller Grauen zu erzählen, daß sie unmittelbar vor ihrer Niederkunft zwei Kerzen vor dem Bild ihres früh verstorbenen Vaters, eines Musikers, anzündete, als eine Ammer ins Zimmer geflogen sei. Der Vogel sei durch die lange Zimmerflucht geflattert, habe sich auf dem Rosenstrauß niedergelassen, der in einer Vase stand, sie mit schief geneigtem Kopf angeschaut, während aus seiner Kehle eine seltsame Melodie erklang, wie der Ton einer Glasharfe, um dann, mit sirrenden Flügelschlägen seine Runden drehend, buchstäblich rotierend wieder zum Fenster hinauszufliegen. Dann setzten die Wehen ein. Alle Künstler sind abergläubisch. Und so flüsterte man sich unter Kolleginnen und Kollegen zu, Bettina habe ein besonderes Wesen geboren. Tilla aber war wirklich ein solches Wesen, nur anders, als man es sich vorstellte. Wegen ihrer Stummheit wurde sie zu Professoren und Logopäden geschleppt, die die besorgte Mutter beruhigten: Das Kind sei nicht stumm geboren. Das Sprachzentrum im Gehirn sei noch unentwickelt. So etwas komme öfter vor. Es werde sich mit der Zeit verwachsen. Doch vorher geschahen mit ihr noch einige merkwürdige Dinge.

Die Mutter, frühzeitig von einer Besprechung kommend, fand Tilla auf dem hochgeschraubten Klavierstuhl vor dem offenen Flügel sitzen. Mit winzigen Fingern schlug sie die Tasten an und ... sang dazu mit kistallklarer Stimme in einer unbekannten, wie es der Mutter vorkam, orientalischen Sprache. Es war eine sehr zarte, liebliche Melodie, traurig und sehnsuchtsvoll, so daß die Mutter in stummes, ersticktes Schluchzen ausbrach und es nicht wagte, das Kind beim Spiel zu stören. Als Tilla das Lied beendet hatte, ging die Mutter auf sie zu, hob sie hoch und drückte sie an sich.

»Was war das, mein Kind? Das habe ich noch nie gehört! Ich kenne es nicht. Von wem hast du das gelernt?« Ihr Gesicht war feucht von Tränen.

Tilla begann mit ihrer winzigen Hand die Augen der Mutter zu trocknen, lächelte sie an und schüttelte den Kopf.

»Sag doch was! Sprich zu mir!« bat die Mutter.

Und jetzt begann Tilla, leise Worte in dieser nie gehörten, seltsamen Sprache zu bilden, die niemand verstand. Immerhin, sie hatte gesprochen!

Bettina Orlandinos Korrepetitorin empfahl eine Erzieherin für Tilla, die sie für eine gute Logopädin hielt.

»Viele Kinder sprechen in einer selbsterfundenen Sprache. Diese Frau wird Tilla unsere Ausdrücke schon beibringen!« tröstete sie die Sängerin.

Die junge Frau, ein freundliches, kluges Halbblut, begann tatsächlich Tilla ihre ›Muttersprache‹ beizubringen, vorsichtig und spielerisch.

Tilla aber hörte ihr nur stumm zu, dann, in der dritten Stunde, sagte sie mit klarer, klingender Stimme:

»Wo ist Mütterchen Kamala?« Ihre Augen füllten sich mit Tränen.

»Du meinst deine Mutter, nicht wahr? Aber sie heißt nicht Kamala. Sie hat Probe. Gegen Mittag wird sie wieder zurück sein«, sagte Amrita, halb Hindu, halb Engländerin, mit klopfendem Herzen.

»Ich weiß es!« In Tillas Stimme schwang etwas Ungeduld mit. »Bettina ist eine sehr gute Frau und eine hervorragende Künstlerin. Ich liebe sie. Aber sie ist nicht Mütterchen Kamala! Wo ist sie? Sie war es, die zuerst ...«

Sie schwieg plötzlich und schaute durch Amrita hindurch. *Der Blick ihrer leuchtendgrünen Augen war nicht der eines Kindes.*

Doch wessen Blick dann? dachte Amrita in seltsamer Beklommenheit.

Tilla wiederholte diesen Text auch bei ihrer Mutter, als diese nach Hause kam und sie an sich drückte. Doch zu ihr sagte sie ein paar Worte mehr, wodurch sie sie jedoch eher verwirrte:

»Wo ist Mütterchen Kamala, die mir einen Körper borgte?«

»Hier bin ich, Kleines ... Warum sprichst du so seltsam?« stutzte Bettina. »Ich habe dich zur Welt gebracht! Ich bin deine Mutter.«

»Freilich!« Tilla legte ihr die Ärmchen um den Hals. »Du bist gut und schön. Doch wo ist Mütterchen Kamala hingekommen?« Sie begann schnell und lange in jener unbekannten Sprache zu sprechen, die niemand in ihrer Umgebung verstand. Dann kehrte sie immer wieder zu der Frage zurück: »Wo ist Mütterchen Kamala?«

»Verstehen Sie, was sie sagt?« wandte sich Bettina Orlandino erschrocken an die Logopädin.

»Ich glaube ... ja.«

Amrita senkte den Kopf. Die Sängerin sah, daß sie zitterte. Ihre bebenden Finger umschlossen das Amulett, das an ihrem Hals hing und ein tibetisches Mandala darstellte.

»Sie spricht Sanskrit, aber mit einer ganz altmodischen Aussprache. Sie benutzt Wörter wie heute vielleicht niemand mehr. Ich habe von meiner Mutter Sanskrit gelernt. Sie kennen ja meine Herkunft.«

»Ja — ja. Nur Ihr Vater war Engländer.«

»Meine Mutter lebt nicht mehr. Von meinem Vater weiß ich nichts.«

»Wo hätte ein vierjähriges Kind Sanskrit lernen sollen?« brach es aus der Sängerin heraus.

Die junge Frau schaute zu ihr auf. In ihren dunklen Augen glitzerten goldene Pünktchen. Ihr Blick war tiefernst und ... irgendwie zeitlos gereift.

»Sie werden es nicht gelten lassen.«

»Was denn?« Die Stimme der Sängerin war scharf. »Wir sind doch keine Narren!«

»Ich möchte Sie nicht erschrecken, gnädige Frau. Tilla ist ein gesundes, wunderhübsches, kluges Kind. Nehmen Sie es so, wie es ist. Sie kann sich ungewöhnlich gut ... erinnern.«

»Woran erinnern?«

»An den Ort, von dem sie gekommen ist. Von sehr weit her. Sagen wir, daß sie in ihren Genen eine Menge Erinnerungsbilder hütet.«

Die Sängerin setzte sich. Sie ließ die Hände in den Schoß fallen und seufzte tief. Ihre Stimme war ganz sanft geworden.

»Ich kann es besser verstehen, als Sie glauben. Ich bin viel in der Welt herumgereist, und Tillas Vater ... ist ebenfalls halb Hindu gewesen. Wir haben nur sehr kurze Zeit zusammengelebt. Ich habe außer Tilla kein Privatleben. Mein Mann ... hat an dasselbe geglaubt wie Sie. Er hat auch versucht, darüber zu sprechen, aber ich ... hatte keine Zeit. Es war nicht fremd, was er sagte. Vielleicht hat es mich auch interessiert. Ich widersprach nicht, aber es beschäftigte mich auch nicht. Sie sprechen von der Reinkarnation, nicht wahr?«

Amrita nickte.

»Ist es nicht möglich, daß Tilla diese seltsamen ... Erinnerungen aus den Genen seines Vaters mitgebracht hat?« fragte Bettina lebhaft.

»Warum nicht? Man braucht ein vollkommen geeignetes Instrument, um ein Kunstwerk zu interpretieren. Das Kunstwerk aber steckt nicht im Instrument.«

»Sie sind sehr klug«, meinte die Sängerin, während sie die junge Frau mit forschendem Blick betrachtete. »Ich hoffe, Sie verstehen, daß ich es begrüßen würde, wenn Tilla diesen ›Erinnerungen‹ bald entwachsen und so würde wie die anderen normalen kleinen Mädchen.« Ihre Stimme erbebte, ein Weinen schlich sich ein. »Und mich als ihre echte Mutter betrachten würde.«

Amrita legte die Hand voll zärtlichen Mitgefühls auf Bettinas Schulter.

»So wird es sein, gnädige Frau.«

Die Sängerin schluchzte bereits.

»Ich habe niemanden außer Tilla. Sie wissen nicht, was es heißt, auf dem Gipfel des Erfolgs, inmitten einer jubelnden Menge, vor Reportern, Kameras, umgeben von verliebten Männern, in einem Meer von Blumen, im Rampenlicht absolut einsam zu sein — eine Schaufensterpuppe, die auf der Straße unerkannt keinen Schritt tun kann, den anderen ihrerseits aber nicht kennt. Vielleicht stellt er sich nur etwas vor, beneidet mich, entflammt von meiner Stimme, macht Liebe mit mir, dann geht er ein Haus weiter, oder ich lasse ihn stehen, weil ich ihm nichts zu sagen habe.«

»Tilla hat Sie sehr lieb. In ihr leben grenzenloses Verständnis und Barmherzigkeit. Tilla ist wunderbar und ...«

»Und?« Die Sängerin hob die rotgeweinten Augen zu Amrita.

»Wenn jemand aus weiter Ferne, aus der unermeßlichen Tiefe der Zeit kommt, fällt es ihm schwer, sich an die neue, fremde Umwelt zu gewöhnen.«

»Sie sagten *fremde Umwelt*? Tilla wurde aus meinem Körper, aus meinem Fleisch gerissen! Für sie habe ich neun Monate lang gegessen und getrunken. Ihr Organismus ist aus dem Material meines eigenen Wesens entstanden! Es war eine schwere Geburt, sie mußte künstlich eingeleitet werden; dann half man ihr durch Kaiserschnitt auf die Welt. Es war, als hätte sie sich gesträubt, zur Welt zu kommen.«

»Sie hat sich gesträubt. Tilla hat außerordentliche Fähigkeiten. Sie haben es auch bemerkt. Als wäre sie kein kleines Kind, sondern ein geniales, sehr weises und ... zeitloses Wesen, das man irgendwohin verbannt hatte und das freiwillig aus einer für uns unbegreiflichen Ursache wie ein Komet in unsere Mitte stürzte. Ihr ganzes Selbst ist gleißendes, glitzerndes Licht, das nur vorübergehend verschleiert wird, bis sich in der engen Hülle ihres scheinbar kleinen Körpers das in den Traditionen oft erwähnte dritte ›Einsame Auge‹ öffnet, durch das die Bilder ihrer unbegreiflichen Vergangenheit, ihres wahren Selbst wieder in ihr Bewußtsein zurückfluten. Sie wird bald ganz Ihnen gehören, weil sie dahinterkommt, daß sie gebraucht wird. Sie wird derjenigen keinen Schmerz bereiten, die soviel für sie gelitten hat. Tilla ist gut.«

»Was reden Sie denn da für einen Unsinn?!« Eine protestierende, hysterische Wut bemächtigte sich der Sängerin. Sie schrie: »Am liebsten möchte ich Sie sofort hinauswerfen! Ihre Nähe, ihr törichter, primitiver Fanatismus bringen mein kleines Mädchen noch durcheinander! Jawohl! Sie sind an allem schuld!«

Amrita betrachtete wortlos die schluchzende, schreiende Sängerin.

»Schauen Sie mich nicht so an!« kreischte sie. »Verlassen Sie sofort mein Haus! Sie kriegen Ihren Lohn und ...«

Tilla schlief angeblich irgendwo im vierten Zimmer. Dort hatte Amrita sie zuletzt gesehen. Jetzt tauchte sie plötzlich in der Tür auf und lief in ihrem geblümten

Schlafanzug auf Amrita zu. Sie reichte ihr die Hand hinauf und lächelte die Mutter an:

»Mutter«, fragte sie, »warum bist du böse?«

Der Sängerin stockte der Atem. Sie trat zu den beiden und zog Amrita an sich.

»Seien Sie nicht böse, meine Liebe! Bitte! Verzeihen Sie! Ich lasse Sie für nichts auf der Welt gehen. Bleiben Sie bei Tilla! Nur dann bin ich beruhigt! Sie können mit ihr umgehen, sie hängt an Ihnen.«

Sie beugte sich zu Tilla hinunter, und das Mädchen drückte ihr ein Küßchen auf die Wange. Die Mutter aber preßte sie so fest an sich, daß das Kind kaum noch Luft bekam.

»Hast du mich lieb?« keuchte sie.

»Ich hab dich lieb.«

»Du hast Mutter gesagt! Zum ersten Mal hast du das gesagt!«

»Ja ... Mutter.«

»Ich bin ja so glücklich!« Tillas Gesicht war schon ganz rot vom Lippenstift, den Spuren der leidenschaftlichen mütterlichen Küsse. »Ich glaube, daß ich in meinem Leben zum ersten Mal glücklich bin!«

2.

Spaziergang durch die Zeit

Als Amrita mit Tilla allein blieb, schaute sie dem Mädchen, das sich an sie schmiegte, lange in die Augen.

»Das war schön von dir.«

»Daß ich sie Mutter genannt habe?«

»Ja.«

»Ich will mich nicht von dir trennen, Amrita.« Sie sprach deutlich und fließend, wie ein sehr gebildeter Erwachsener. An ihr war nichts Kindliches. »Du hast einen schönen Namen, Amrita.«

Amrita spürte so mancherlei in Verbindung mit Tilla, dennoch bekam sie jetzt am ganzen Körper eine Gänsehaut. Sie drückte die Hand aufs Herz, um den pulsierenden Schlag zu stillen.

»Du kanntest mich, bevor ...«

Tilla berührte Amritas Gesicht, beruhigend, zart ... mitleidig.

»Natürlich. Die Vergangenheit, die Zukunft dieses unglücklichen, wichtigen Planeten und ... meine Aufgabe auf ihm strömen in meinen kindlichen Körper zurück wie die Wellen eines gewaltigen Ozeans. Mit der Gesetzmäßigkeit vorübergehender Benommenheit mußte bei meinem Eintauchen gerechnet werden. Sie war unumgänglich.«

»Deine Mutter erschräke sich zu Tode, wenn sie wüßte ... wenn sie merkte, daß ihr Körper nur der Kokon einer ihr völlig unverständlichen, schrecklichen Erscheinung war.«

»Sie wird es nicht merken. Jetzt bin ich mir völlig klar darüber, wie ich mich zu benehmen habe. Ich werde ihr überhaupt keine Sorgen mehr machen. Sie ist eine liebe, unwissende, in Wirklichkeit unglückliche Frau, die nur in der relativen menschlichen Zeit lebt, wo nichts fixierbar ist. Vergänglich, also nicht wahr. Sie besitzt nichts, woran sie sich festklammern könnte, wie dies bei den Sterblichen im allgemeinen der Fall ist, von denen es auf Erden wimmelt. Ich aber werde an ihrer Seite sein. Bis zum Schluß. Sie hat es verdient.«

»Aber warum mußtest du in diesem apokalyptischen Zeitalter ausgerechnet aus ihrem Körper gerissen werden?« fragte Amrita mit erstickter Stimme.

»Weil sie eine hervorragende Schauspielerin ist. Mein Körper wurde aus ihren Zellen, Genen, Molekülen, Chromosomen gebildet. Auch ich muß meine Rolle, für die ich geboren wurde, allerbestens spielen.«

»Warum bist du geboren?«

Tilla schwieg eine Weile. Ihr Blick war unerforschlich.

»Du wirst es recht bald erfahren. Wirst auch erfahren, wer du bist.«

Amritas Beklommenheit vertiefte sich.

Tilla lächelte sie strahlend an:

»Fürchte dich nicht! Zweifelst du an mir?«

»Nein, nein! Nichts ist sicherer, als daß deine Absichten nicht böse sein können.«

»Darum stehst du an meiner Seite. Ich habe bewußt bejaht, was ich einst tun muß. Und auch du wirst an meiner Aufgabe teilhaben. Wir brauchen einander.«

Amrita wurde plötzlich von einem Glücksgefühl überflutet, als wäre in ihr eine riesige innere Sonne entflammt. Sie umarmte Tilla. Freudentränen liefen ihr über die Wangen.

»Schon gut, schon gut, Amrita!« Tilla sprach zu ihr wie ein Erwachsener zu einem Kind. »Auch du mußt deine Gefühle beherrschen, damit meine Mutter, die in Wirklichkeit nicht meine Mutter ist, nicht eifersüchtig auf dich wird. Du weißt, daß sie sehr launisch ist.«

»Ich weiß. Mir aber wirst du von jenen ... jenen Erinnerungen erzählen, die in dich hineinströmen, nicht wahr?«

»Ja. Immer nur so viel, damit es dich nicht verwirrt.«

»Du verwirrst mich nicht, denn ... denn du mußt mich ja kennen! Du spürst, wie aufgeschlossen ich für Dinge bin, vor denen andere zurückschrecken.«

»Ich tue, was richtig ist. Ich werde dich stufenweise in gewisse Tatsachen einweihen, für deren Aufnahme du besser geeignet bist als andere. Doch da du ein Mensch bist, wäre es für dein Physikum und deine Gefühlswelt unerträglich, wenn ich schwere Einwirkungen auf einmal auf dich niedergehen ließe.«

»Auch du wurdest als Mensch geboren!« brach es aus Amrita heraus.

»Ich bin nicht ganz Mensch.«

Tilla hob den Arm und hielt die linke Handfläche Amrita hin, die neben ihr hockte. *In der Hand waren keine Linien vorhanden.* Keine Lebenslinie, keine Herz-, Kopf- oder Schicksalslinie war zwischen die Hügel ihrer rosigen kleinen Handfläche eingegraben.

»Die Ärzte, zu denen mich meine Mutter früher oder später schleppen wird, werden das auch nicht verstehen. Ahnst *du* vielleicht, was das bedeutet?«

»Vielleicht ... ich glaube ... doch ich wage es nicht zu glauben«, stotterte Amrita. Sie drückte Tillas linke Hand an die Brust.

»Ich habe keine irdische Vergangenheit, Amrita. In der Tiefe eurer relativen Zeitrechnung war ich einst nur zu Besuch beim Orden der Unendlichen Gnade in Indien. Diese Idee wurde nach mehreren Kataklysmen immer wieder verwirklicht, sobald der ›wieder verjüngten Menschheit‹ ihre geistigen Träger geboren werden konnten. Der erste solche Kataklysmus ereignete sich nach euren Historikern vor 800 Millionen Jahren. Seitdem haben sich mehrere auf diesem in seinem Kern flammenden, tönenden, sich pausenlos verändernden, lebendigen Planeten ereignet. Eis, Sintflut, Feuer haben die Zivilisationen zerstört, die in anderer Form immer aus den Keimen des Kosmos emporwucherten. Die Urform des damaligen Ordens wurde durch Feuer und Sintflut vernichtet, durch eine Katastrophe, die Berge auftürmte, Meeresboden in Wüsten verwandelte, auf Täler niederging und Kontinente auseinanderriß. Doch heute ist er wieder aufgebaut. Denn hinter der Materie rufen ewige Ideen dieselben Formeln hervor, durch die sie sich verkündigen. Jener Orden, bei dem ich für kurze Zeit — unter Umständen, die euch sonderbar erscheinen mögen — zu Besuch war, befindet sich nicht mehr auf diesem Planeten; doch auch hier ist er wiederaufgebaut worden, so wie eure Bienen stets auch dann jene sechseckigen, regelmäßigen Zellen zustande bringen, wenn man ihre Daseinsbedingungen zerstört. Denn die Idee ist da und wirkt. Vor dem letzten Kataklysmus war die Äbtissin des Ordens der Unendlichen Gnade eine sehr alte, weise Frau. Sie hat mich von einer höheren Ebene beschworen, darum empfand ich sie als meine geistige Mutter, was sie ja auch war. Freilich liebten wir uns anders, als dies die Menschen im allgemeinen tun, ohne jeden Besitzanspruch, ohne Heftigkeit. Ich könnte unsere Beziehung als die Solidarität des Lichts bezeichnen. Darum habe ich sie in meiner ersten Wahrnehmung gesucht, mit meinen zuerst ins Fruchtwasser der Materie und dann zwischen die Schranken dieser entsetzlichen Gesetze geschleuderten trüben menschlichen

Reflexen. Mit meinen Ordensgenossen habe ich Sanskrit gesprochen, dessen Begriffssprache viel weiter und reicher war als heute. Diese Prägung war in mir zum Leben erwacht, als ich die ersten Worte sprach.«

»Du meinst, daß dieser Orden, der auch jetzt noch in Indien wirkt, genauso war wie jener, der ...«

»Nicht genau. Das Antlitz der Erde sah ganz anders aus. Kontinente, Berge, Inseln verschwanden im Kataklysmus, und andere wurden an ihrer Stelle geboren. Das Klima des anderen Ordens war damals gemäßigter, angenehmer, seine Vegetation reich und wunderschön. Mythische Lorbeerhaine umrauschten ihn, Süßwasserbäche schäumten. Die Idee aber brachte das gleiche ›Zellensystem‹ des Lichts und der Gnade hervor wie heute in der tropischen Atmosphäre, des von Sekten, Fanatismus und Bevölkerungsexplosion geplagten Indien unter weitaus schwereren Umständen.«

»Woher weißt du denn, wann ...« Amrita schwieg plötzlich und errötete. »Verzeihung. Ich bin ein Mensch, wenn auch anders als die anderen, und ich kann mich nur schwer daran gewöhnen, daß du ...«

»Mit den Sprachen wird es bei mir jetzt nicht mehr hapern.«

»Du meinst, daß ...«

»Ich werde sie lesen und sprechen. Alle. Meine Sinnesorgane, die ihr als okkulte Wahrnehmung bezeichnet, erwachen sehr rasch. Bettina reist viel umher. Es wird ihr gar nicht auffallen. Zwischen meiner Wahrnehmungsart und euren Gedanken, euren Vorstellungen hängt kein dichter Vorhang. Ich sehe, höre und begreife, nicht nur mit meinen Augen, meinen Ohren und nicht in eingeengten drei, vier Dimensionen. Daran wirst du dich mit der Zeit gewöhnen. Auch du bist im Besitz dieser Fähigkeit.«

»Dann bist du also in der tiefen Vergangenheit ... vor

dem ersten Kataklysmus ... in früher Kindheit gestorben?«

»Ich bin nie gestorben.«

»Wie ist das möglich? Erzähl mir mehr darüber, bitte!«

»Ich war nur auf der Durchreise in einem jungen Körper, dessen Zeit abgelaufen war, die man aber mit den Energien der Natur noch verlängern ließ. So konnte ich mit meinen Ordensgenossen sprechen und ihnen mitteilen, warum ich für ihre letzte Einweihung einen physischen Organismus ausleihen mußte, was sie in der Zukunft erwartet, welche Rolle dieser Planet, der Tiegel des Lichts im Leben spielt, das ständig aus dem Tod hervorgeht, warum gerade die Erde das Ziel der mentalen Alchemie der unsichtbaren Kräfte ist. Und dieses Große Opus wird auf ihr zustandekommen in der Hitze unermeßlicher Leiden, die die Schlacke ausbrennt und das *Menschen-Blei in Menschen-Gold* verwandelt.«

»Das werde ich vielleicht verstehen ... irgendwann. Du sagtest, ›du hast einen Körper ausgeliehen, dessen Zeit bereits abgelaufen war‹. Was ist mit ihm geschehen?«

»Die sterbliche Hülle, die der ursprüngliche Bewohner bereits verlassen hatte, haben wir dem Feuer zurückgegeben.«

»Was ist nachher mit dir geschehen?«

»Ich bin hier im Luftozean der Erde geblieben und habe eure blutige Geschichte verfolgt. Ich habe mich darauf vorbereitet, nach euren Gesetzen als Kind geboren zu werden in eurer schwersten Epoche, mit früh wiederkehrendem, klarem Bewußtsein, mit meinen Sinnesorganen, die in euch nur latent schlummern, mit den zehn Millionen Ganglien des menschlichen Gehirns, hervorragenden Vermittlern meiner die Vollkommenheit umfassenden Erinnerung. Ich muß gestehen, daß es mir vor dieser nervendurchwobenen, für die Wirklichkeit tauben und blinden, verwundbaren, sterblichen Folterbank graute, aber es mußte sein. Frag nicht, warum. Vorläufig kann ich sowieso nicht antworten.«

»Warum nicht? Ich kann dir nicht widersprechen. Alle meine Zweifel werden in mir durch übermenschlichen Strom gelöscht. Ich glaube nicht, ich *weiß*, daß es wahr ist, was du sagst. Doch warum öffnest du dich gerade vor mir so sehr?«

»Die Antwort liegt tief in dir verborgen. Wir werden ihr auch einen Namen geben, wenn die Zeit gekommen ist. Du bist mein Beistand, meine Verbündete. Niemand könnte dich ersetzen. Vorläufig mußt du dich damit begnügen.«

Die Tür öffnete sich, und Bettina Orlandino erschien in einer großen Duftwolke. Sie keuchte, als hätte sie sich sehr beeilt. Sie lief direkt zu Tilla, hob sie hoch und drückte sie an sich.

»Was ist geschehen?« fragte Amrita verwundert. Und sie errötete wieder, als hätte man sie bei etwas Verbotenem ertappt, was für die Sängerin auf unverständliche, unerklärliche Weise richtig war.

»Ich bin von der Probe hergeeilt! Schreckliche Unruhe hatte mich ergriffen. Mir war, als sei etwas mit Tilla geschehen. Sie war unerreichbar weit von mir weggerückt, ich konnte mir ihr Gesicht nicht vorstellen, vielleicht ist sie verletzt oder es ist noch Schlimmeres passiert! Ich habe sie verloren! Mein Gott! Ich würde es nicht überleben!« schluchzte sie.

Das kleine Mädchen umarmte sie. Ihre zarte, silberne Stimme war eine einzige beruhigende Liebkosung.

»Amrita hat mir Märchen erzählt. Hab keine Angst! Ich bin da!«

»Dem Himmel und allen Heiligen sei Dank«, keuchte die Sängerin. »Ich bin verrückt! Ich phantasiere! Ich muß mich ausruhen. In zwei Wochen ist die Saison zu Ende.

Dann werden wir in irgendeinen höhergelegenen Erholungsort in den Bergen fahren. Dort gibt es in durchsichtigen, mit Meerwasser gefüllten Eositbecken auch Delphine. Gut?« Sie hielt das Mädchen mit ausgestreckten Armen von sich und betrachtete sein lächelndes Gesicht.

»Gut«, sagte Tilla und griff sich an die Stirn. »Ich mag Delphine. Ich habe sie im Fernsehen gesehen.«

»Ich muß zurück! Wir sehen uns abends!« rief Bettina. Unter der Tür blieb sie plötzlich stehen und drehte sich um. »Amrita!«

»Ja.«

»Bitte ... hüten Sie Tilla wie Ihren Augapfel! Denn ihr Leben ist auch das meine!«

»Wie Sie befehlen, gnädige Frau.« Amrita hockte sich wieder neben die Kleine. »Sie hat es gespürt«, sagte sie, nachdem die Außentür zugeschlagen war.

»Das nächste Mal werde ich besser aufpassen. Diese Strahlung ist in ihr hochgezüngelt wie eine Flamme, die auch die Materie durchdringt. Es wird nicht mehr vorkommen. Und wir tun natürlich, worum sie uns bittet.«

»Wie soll ich dich behüten?«

»Eine muß auf die andere aufpassen.«

Amrita erhob sich und atmete tief.

»Und das wirst du tun?«

»Ja. Wir.«

»Du sprichst in der Mehrzahl. Bist du nicht allein auf der Erde?«

»Nein.«

»Wißt ihr voneinander?«

»Ja.«

»Habt ihr Kontakt?«

»Natürlich.«

»Wie?«

»Warum ist Bettina nach Hause gerannt?«

»Irgend etwas hat sie berührt ...«

»Ja, etwas hat sie berührt. Es gibt eine Art Gedankenkraft, deren Mitteilungen die Gehirnantennen selbst durch einen Bleimantel empfangen. Auch ihr experimentiert damit, nennt es Telepathie. Ihr wißt auch von verschiedenen Strahlungen, mit deren Wirkung sich die medizinische Meteorologie befaßt. Ihre Symptome lassen sich nicht mehr leugnen. In Ambulanzen, Kliniken, Nervenheilanstalten werden Statistiken erstellt, und auf die sogenannten ›Fronten‹ reagieren die Menschen außerordentlich empfindlich. Die Kommunikation derer ›mit der leeren linken Handfläche‹ auf Erden könnte ich als Sprache des Lichts bezeichnen. Den Sterblichen, die in den Tiefen des Luftozeans leben, in kompakten Körperhüllen leiden, könnte ich dies nur auf sehr unvollkommene Weise nahebringen, und selbst dann nicht so, daß sie es vollkommen verstünden. Die Sprache des Lichts tauscht zwischen Sendern und Empfängern weltallweite Nachrichten, Bilder und ... gewaltige Kraftschwingungen aus. Dies ist die Magie, die Zauberkraft der Diener, die aus den Quellen der Ewigkeit schöpfen und vom Unendlichen ins Unendliche eilen.«

»Du verrätst mir nur sehr wenig über Dinge, die ich nicht verstehe, nur ahne ... Und mir wird angst und bange davor. Ich kann es nicht leugnen ... du kannst es in mir sehen. Wessen ›Diener‹ seid ihr?«

»Es gibt nichts, gar nichts zu fürchten. Wir sind die Freunde der Erde. Ihre Bewohner können sich selbst nicht mehr helfen. Ich kann nicht mehr sagen ... Ich weise nicht zum erstenmal darauf hin ... weil ihr dafür keine Worte, keine Begriffe habt. Doch über die Vergangenheit, die ich während meiner körperlosen Beobachtungen geschaut habe, werde ich dir erzählen. Am Abend, wenn Bettina ihren Auftritt hat. Gut?«

Amrita kniete bereits vor ihr, ohne sich dessen bewußt zu sein, weil das kleine Mädchen solch magnetische Kraft und Zärtlichkeit ausstrahlte.

»Sehr gut!« brach es aus ihr heraus. Sie preßte beide Arme an den Körper.

»Warum umarmst du mich nicht? Du würdest mich lieben!« Tilla legte die kleinen Ärmchen mit den Grübchen an den Ellbogen um Amritas Hals, und diese drückte das Kind an sich.

»Mein Gott und Herr!« flüsterte die junge Halbblutfrau. Ein Schluchzen entrang sich ihrer Kehle. »Womit habe ich das verdient?«

»Du weißt, daß es keinen Zufall gibt. Es gibt verborgene Zusammenhänge und vielschichtige Voraussetzungen. Deine Seele, dein Geist wissen mehr darüber, als dein Hirn weiß.«

3.

Die Bilder des ›Einsamen Auges‹

Abends nach dem Zubettgehen, wenn sie allein blieben, begann die ›Märchenstunde‹, aber umgekehrt. Tilla sprach. Ihre Stimme war zart und zeitlos reif.

»Willst du auch sehen, wovon ich rede?«

»Ja.«

»Dann schließ die Augen.«

»Damit ich mir vorstelle, was du sagst?«

»Die beiden Tagaugen verdecken die Wirklichkeit. Vom Morgen bis zum Dunkelwerden etwa die Sterne. Dein drittes Auge sieht auch über diese unvollkommene Wahrnehmung hinaus. Dieses ›Einsame Auge‹ ist heute der vergrabene Tempel der Menschen. Ihre Hypophyse unter der Schädeldecke. Einst war es ihr Eigentum, sie konnten es benutzen. Vor dem großen Kataklysmus. Doch sie haben es mißbraucht.«

»Ich auch?«

»Bis zu einem gewissen Grad ja. Nicht so sehr wie deine Gefährten. Denn du warst damals schon anders als sie.«

»Wie haben sie es mißbraucht?«

»Sie kannten die Grundworte der Elemente und griffen damit in die Ordnung der Natur ein, ganz wie heute. Sie kannten aber das Leid und den Tod noch nicht. Darum hat sich eure ganze Welt zur Hölle des Schmerzes, der Gewalt, des Fanatismus, des Hasses und der Angst verdunkelt.«

»Was verstehst du darunter, daß sie den Tod noch nicht kannten?«

»Das periodische Ausruhen war für sie ... für euch die großartige Reise durch das Weltall der Träume, die eure orientalische Philosophie auch heute den ›kleinen Tod‹ nennt. Also fürchteten sie sich ebensowenig vor dem Wechsel ihrer Daseinsform, vor dem Bardo, dem ›langen Schlaf‹ der Daseinsnacht, wie ihr vor dem Einschlafen am Abend, weil ihr wißt, daß ihr am nächsten Morgen wieder erwacht. Eure Mythen bergen alle die Symbole, die Erinnerungen der wahren Wirklichkeit. Sonst hätten sie in eurem eingeengten Bewußtsein nicht auferstehen können.«

»Wenn du nicht zu uns gehörst, warum bist du dann gerade auf der Erde geboren worden? Gibt es doch im All, wo auch wir nach intelligenten Gefährten suchen, eine Menge Sonnensysteme und Planeten, wo sich möglicherweise höheres Leben hätte entfalten können.«

»Dieser winzige blaue Stern ist für uns aus mehreren Gründen sehr wichtig. Hier können sich Kräfte treffen und aufeinander wirken, scheinbar in einem Raum, in Wirklichkeit zwischen andersartigen gewaltigen Zeitunterschieden, wie nirgendwo sonst. Wie gesagt, dieser Planet ist der unersetzliche Tiegel der mentalen Alchimie. Armageddon. Das Licht und die Finsternis kämpfen miteinander in der Operation von Erfahrungen und Qualen um das Große Opus der Erlösung. Die Irrtümer von Ideen können die Katharsis nur im kompakten, nervendurchwobenen Modell der Materie durchleben, die vollkommene Befreiung von ihren irrigen schöpferischen Vorstellungen. Denn die gegensätzlichen, körperlosen Vorstellungen kollidieren nicht miteinander, wohl aber in der Materie. Dies hat entsetzliche Folgen. Darum habt nicht ihr mit uns, sondern wir haben mit euch Kontakt aufgenommen, wir haben die Keime eurer charakteristischen Lebensform auf Terra gesät.«

Amrita schwieg für eine Weile betroffen.

»Gerade bei uns? Das war eine unbarmherzige Tat!«

»Auch du wirst noch dahinterkommen, daß wir nicht nur einander brauchen, sondern daß ... wir in den Wurzeln unseres Seins eins sind. Wir kämpfen in euch, leiden in euch.«

»Warum?«

»Für das Licht und für unsere reine Unsterblichkeit.«

»Mit welchen Mitteln geschieht das, wovon du sprichst?«

Tilla schwieg für eine Weile. Ohne Amritas Gesicht zu berühren, wußte sie, daß es vor Tränen der Erregung und des Grauens feucht war.

»Wir wollen helfen. Euch, also uns selbst. Wir versuchen, eure Anstrengungen in eine andere Richtung zu lenken, eure wuchernden Krankheiten zu heilen, die gefährlicher sind als alle bekannten oder euch noch unbekannten Seuchen, denn ihre Wurzeln wachsen aus dem Moor der Finsternis empor, die für eure Augen unsichtbar ist. Nur wenige spüren, daß die Erde todkrank ist, eine Wahnsinnige, die den eigenen Leib, die eigene Seele zerfleischt. Wir haben uns eingeschaltet, damit ein paar Keime übrigbleiben, aus denen sich eine andere Lebensform entfalten kann. Bei dieser Rettungsaktion wirst auch du meine Gefährtin sein ... unter denen, die in einem Körper sind.«

»Ja ... ja ... Was ist das für eine unbekannte Seuche, von der du sprichst?«

»Bald wirst du sie zu spüren bekommen.«

»Du sagst entsetzliche Dinge.«

»Die Dinge, die auf der Erde geschehen, sind entsetzlich.«

»Warum bin ich anders als die anderen Durchreisenden auf diesem Planeten, die zum Tode verurteilt sind?«

»Du hast dich schon als Fremde unter ihnen gefühlt, bevor wir uns trafen, nicht wahr?«

»So ist es. Ich kann nur nicht verstehen, daß ...«

»Vorerst erinnerst du dich nur schwach. Du hast wiederkehrende Träume, die in ferne Vergangenheiten und in die Zukunft führen. Du sprichst unbekannte Sprachen, fliegst, erkennst Landschaften und Menschen, obwohl du ihnen in diesem Leben nicht begegnet bist. Du nimmst an seltsamen Zeremonien teil, deren tiefen Sinn du kennst, der sich aber beim Erwachen in dir verwischt. Nur ihr Inhalt in Form von Freude, Angst oder Grauen bleibt.«

»Was sind das für Träume?«

»Die Bilderreihen deiner wahren Zugehörigkeit. Könntest du töten wie diese fanatisierten, aufeinandergehetzten Massenwesen?«

»Gott bewahre!« Amrita griff sich an den Hals, wie eine Erstickende ... »Ich kann keinen Käfer zertreten!«

»Und du bist Vegetarierin. Wie ich.«

»Zum Glück hat Bettina nichts dagegen, im Gegenteil. Sie ist zur natürlichen Ernährung übergegangen. Vielleicht ist ihr ein Artikel in die Hände geraten, der sie vom Fleisch abschreckt.«

Tilla lächelte.

»Irgend jemand hat sie überzeugt, daß sie dadurch hübscher, gesünder würde. Sie ist ein liebes Geschöpf ... Auch sie erinnert sich an viele blutige Ereignisse, deren Opfer sie wurde ... im Traum. Ich habe es mit ihr nicht schwer gehabt.«

»Oh ... wie hätte es auch anders sein können? Freilich!«

»Du hast nie an den Tod geglaubt.«

»Nein, ich weiß, daß das Leben ewig währt.«

»Du hast auch den Sinn deines Erdendaseins gekannt.«

»Ja. Erfahren und Dienen.«

»Meinst du, daß dieser Dienst nur deine Erhebung aus der Schattenwelt bedeutet?«

»Ganz gewiß nicht. Was weiter, deiner Meinung nach?«

»Den Wahnsinn der in die fixe Idee des Todes verlorenen irdischen Sterblichen heilen. Das Unvergängliche im Vergänglichen bewahren, erleuchten.«

»Du hast mir eine große Last aufgebürdet.«

»Ich befreie dich von einer großen Last. Du schleppst sie seit unendlichen Zeiten mit dir herum, ohne ihren Namen zu kennen. Du bist allein, hast alle deine Verwandten verloren. Deine Schönheit hat noch keinen einzigen Mann angezogen.«

»Ich wünschte es mir bisher noch nicht. Die Sehnsucht danach ist gar nicht in mir aufgetaucht.«

»Nonne bist du auch nicht geworden. Du hast viel gelernt, und du lernst viel. Jetzt wirst du erfahren, warum du da bist. Ich habe dich sehr beunruhigt. Ich möchte, daß du dich hinlegst. Du wirst ruhen.«

»Du schläfst nicht?«

»Noch nicht.«

»Und was tust du?«

»Betty wird mich mit geschlossenen Augen vorfinden. Von meinen intensiven, wachen Kontakten wird sie nichts ahnen.«

»Mit wem? Womit«

»Mit meinen irdischen und außerirdischen Gefährten. Das Weltall ist grenzenlos. Jede kosmische Einheit ist Teil einer mächtigeren kosmischen Dimension. Dir wird schwindlig, wenn du dich hineinzudenken versuchst. Beschäftige dich heute nicht damit. Allmählich wird alles in dir erhellt. Schlaf! Du wirst schöne Träume haben.«

4.

Der Himmlische Mensch

Amritas Augenlider wurden tatsächlich schwer. Die Flammen ihrer Gedanken wurden durch eine kühle Dämmerung ausgelöscht. Bereits unter der Dusche war sie schon halb eingeschlafen. Sie hörte einlullende Musik aus weiter Ferne, und sie versank in der Schönheit von Pastellfarben, und ihr war, als hätte ein dichter, dennoch durchsichtiger Wolkenvorhang ihre physischen Sinnesorgane verdeckt, ein Vorhang, durch den sie hindurchblicken konnte, aber nicht mit ihrem irdischen Bewußtsein und irdischen Auge. Sie empfand es als natürlich, daß dieser Anblick nichts mit ihrem Körper zu tun hatte. Er lag außerhalb ihres Körpers. Und so wie sich diese Gewißheit in ihr verstärkte, traten auch die Konturen ihrer heiteren, lichtdurchfluteten Visionen immer schärfer hervor. Pulsierende, wachsende Lichtpunkte eines Sternenhimmels durchbohrten vor ihr den Samt der Dunkelheit. Diese Planeten waren durch die Stakkato-Linien des Lichts verbunden und bildeten vor ihr eine mächtige Menschengestalt mit ausgebreiteten Armen. Sie wußte, daß diese Musik aus den solarisierenden Sternen strahlte, doch lief sie gleich einem Wellenschlag durch ihr ganzes Wesen, rauschte darin, wie das Tosen eines schäumenden Wasserfalls und teilte ihr Botschaften mit, die sie in Worten nicht ausdrücken konnte. Sie spürte, daß sie in geschützter Nestwärme in diesem Himmlischen Menschen ruhte. Dann tauchten Landschaften vor ihr auf, ein durchsichtiger, wellenschlagender Ozean, der

Schoß des Lebens, aber nicht auf Erden. Wo? Auch die Frage huschte wie ein blasser Nebelfetzen durch den Raum ihrer Vorstellung, um dann wieder zu verschwinden. *Jemand* schaukelte auf den Wellen. Manchmal war es nur ein Lichtfleck, der Widerschein einer unbekannten Lichtquelle, manchmal ein ... nacktes Mädchen mit tiefroter Haut. Sobald sie ihm ihre Aufmerksamkeit zuwandte ... verschwand es, das heißt ... sie verschwand in ihm. Sie wurde eins mit ihm, bei einem sehr starken Identitätsbewußtsein. Nicht auf Erden. Nicht mehr. Sie wunderte sich nicht über die gestreckte Kopfform und ... über das Dritte Auge mitten auf der Stirn. Ja. Für sie stand fest, daß dieses Mädchen einer Rasse angehörte, die von den späteren Sterblichen Terras vollkommen abwich. In ihrer Erinnerung wimmelten seltsame Erscheinungen, für die sie keine Worte fand. Sie versuchte sie im Netz eines Begriffs einzufangen: *›mythisch‹*. Aber sie entzogen sich ihm, weil sie keine legendären Vorstellungen, sondern eine sehr lebendige, vielschichtige Wirklichkeit enthielten. Die Art und Weise der Ortsveränderung zum Beispiel war eine Art Schwerelosigkeit, und die Anziehung des Ziels wurde vom Willen durchgeführt. Sie wußte, daß dies lediglich eine Umschreibung des Unaussprechlichen war. Ebenso wie jene in der Höhe flatternden, vogelähnlichen Schwärme, sehr feine Konstruktionen, die jenen Mechanismen, die die Erdbewohner kannten und hervorgebracht hatten, in keiner Wiese glichen. Unsichtbare Vorstellungsströme entfalteten sich in ihrem Wesen, die von ihrem Tag-Tiefenbewußtsein als absurde Unmöglichkeit erschrocken zurückgewiesen wurden. Dabei war sie sicher, daß sich alles das als Unmöglichkeit bezeichnen ließe, was den Menschen ansporn, sich in einer fest verschnürten, bleidichten Substanz zu plagen, daß zwischen Idee und Verwirklichung Mauern von Zeit und Raum emporragen, obwohl ihm auch jener Strom gehört, der die Bilder der schöpferischen Phantasie sofort verwirklichen, aus strahlendem Licht formen, aber auch vertreiben kann wie der Wind die Wolken. Welch ein Geschütztsein, welch eine Heiterkeit, die zwischen grenzenlosen Dimensionen schaukelte! Nicht der Schatten einer Angst fiel auf sie. *Eden!* schoß unter ihr ein Begriff gleich dem Wasserstrahl eines Springbrunnens empor, doch sie beachtete ihn nicht. Es bedurfte keiner Worte, um in tiefen, glücklichen Schlaf zu sinken.

Sie erwachte früh und erfrischt. Ihr Hirn war klar. Sie wollte nicht, sie konnte sich nicht daran erinnern, was ihr Tilla erzählt hatte, auch nicht an ihre Träume, aber sie spürte, daß an der Schwelle ihres Unbewußten farbige, schwindelerregende Gedankenschwärme warteten, um zuckenden Blitzen gleich wie schnelle Vögel aufzuflattern.

Auch Tilla schlief nicht mehr. Ihr Lächeln war stets die Berührung einer staunenden Freude, eine Ahnung, die den grauen Alltag zum Feiertag erhob. Amrita badete ihren zarten Körper, der unermeßliche Geheimnisse trug und nichts weiter war als ein Schalter, der zahllose Dimensionen in Schwung brachte. Sie brachte Tilla das Frühstück und trug das Kind dann zu Bettina Orlandino hinein, die noch schlief, aber sofort aufwachte, als sie ins Zimmer kamen. Sie setzte Tilla auf ihr Bett und begann sie auszufragen: ob sie gut geschlafen, was sie geträumt und ob sie einen Wunsch habe. Tillas Antworten beruhigten sie. Nun machte auch sie sich zurecht und eilte mit ihrer Zofe zur Probe.

Amrita brachte Tilla in einen privaten Kindergarten, und zwar in einen englischen, weil die Sängerin gerade in einer englischen Bergsiedlung auftrat. Tilla war auch dort ein Musterkind. Sie beherrschte die Sprache perfekt, nahm an allen Spielen, am Turnen und Singen teil.

Sie unterschied sich in nichts von ihren Gefährten, das heißt in einem Punkt doch — was außer Amrita nur die Kindergärtnerin bemerkte. Sie war still, freundlich zu jedem Gefährten. Sie tat, worum man sie bat, doch sie stritt sich nicht mit den Kleinen, beanspruchte nicht ihre gemeinsamen Spielsachen, gab sie jedem, der ihr sie wegnehmen wollte. Sie schrie nicht, weinte nicht, klagte oder forderte nicht.

»So ein Kind habe ich noch nie gehabt«, sagte die Kindergärtnerin zu Amrita. »Es ist nicht nur wunderschön, gehorsam und klug, sondern anziehender, unterschiedlicher als alle anderen Kinder. Dabei sind auch diese hübsch und freundlich. Doch Tilla hat keine Launen. Sie ist nicht neidisch, was in einer solchen Gemeinschaft und in diesem Alter nur natürlich wäre. Ich muß mich beherrschen, um mit ihr keine Ausnahme zu machen. Das täte den anderen weh.«

Amrita betrachtete die Kleinen, die im Saal spielten, herumliefen, lachten, mit den Füßen stampften und schrien. Tilla modellierte winzige Tierchen aus Plastilin und verteilte sie. Die Figuren waren überraschend schön, beruhigten selbst die wildesten Kinder.

»Ich kann Ihre Gefühle verstehen«, nickte Amrita. »Ich täte an Ihrer Stelle dasselbe. Obwohl ich sicher bin, daß auch die Gefährten Tilla lieben und sie annehmen, wie sie ist. Kinder sind keine Miniatur-Erwachsenen. Für sie ist das Seltsame die natürlichste Sache der Welt, was den Erwachsenen oft unglaublich vorkommt. Was vor allem finden Sie an Tilla ungewöhnlich?«

»Daß sie überhaupt keine Aggression kennt. Ja, das ist der richtige Ausdruck dafür«, dachte die Kindergärtnerin laut. »Ihre Mutter kann glücklich mit ihr sein. Sie ist eine große Künstlerin.«

»Ja, sie ist glücklich. Sie gäbe sogar ihre Karriere auf, wenn es notwendig wäre.«

»Ich hoffe, daß es nicht soweit kommt!«

»Nein. Gewiß nicht«, beruhigte sie Amrita.

Am Abend waren sie allein zu Hause. Als sie Tilla zu Bett gebracht hatte, sagte das Kind zu ihr:

»Geh, nimm ein Bad, und komm dann im Morgenrock zu mir zurück!«

Amrita wurde von einer Welle des Glücks durchwogt, die die silberne ›Geheimstimme‹ des kleinen Mädchens stets bei ihr auslöste. Sie beeilte sich. Sobald sie fertig war, öffnete sie leise die Tür des Kinderzimmers. Dann blieb sie verdutzt stehen. Über Tillas Bett brannte nicht die kristallene Lampentraube. Amrita glaubte, sie sei eingeschlafen. Unschlüssig stand sie im Dunkeln da. Plötzlich bemerkte sie etwas, das ihr einen gewaltigen Schrecken einjagte. Tillas Bett war von einer dämmrigen Aura umgeben, ein langer, nebelartiger, violetter Schatten schwebte darüber. Weiter von der Aura entfernt erglühten solarisierende, winzige Lichtpünktchen, so blendend hell, daß ihr die Augen flimmerten. Ihr Körper wurde kalt. Wollte sie sich etwa von ihrem Kinderkörper trennen, diejenige, die ... Sie preßte die Hand auf den Mund, um nicht plötzlich laut aufzuschreien.

»Fürchte dich nicht!« erklang Tillas Stimme. »Ich bin da. Ich bleibe da.« Über ihrem Bett leuchtete die Kristalltraube auf. Ihr kaltes, künstliches Licht verscheuchte die Vision. Aber war es wirklich eine Vision, ein Traumfetzen?

Amrita trat an Tillas Bett, setzte sich auf die Kante, zitterte.

Das Kind schaute sie aus ernsten, weitgeöffneten Augen an.

»Ich wollte dich nicht erschrecken. Etwas hat dich unvorbereitet berührt, das dir noch fremd ist. Dabei ist es gar nicht so fremd. Eine neue Art der Wahrnehmung beginnt sich in dir zu entfalten, die bisher in der Dämmerung lag.«

»Deine Mutter hätte also diese Erscheinung, die ich gesehen habe, gar nicht wahrgenommen?«

»Nein.«

»Aber was war das denn? Projektion? Vorstellung?«

»Du hast jenen Jemand gesehen, der ich jenseits dieses heranwachsenden Körpers bin. Aufglühende Zeichen. Eine Kommunikation, die nicht in der relativen, sondern in der kosmischen Zeit stattfindet und für die ihr keine Begriffe habt.«

»Verstehst *du* diese Zeichen?«

»Ich verstehe sie.«

»Einst habe auch ich ...«

»In dir beginnen die Zusammenhänge jenseits der menschlichen Wahrnehmung, die Wurzeln der unsichtbaren Wirklichkeit im Vergänglichen zu erwachen, hat dir doch alles dies einmal gehört.«

Amritas Herz schlug vor Lampenfieber und Aufregung schneller. »Meine zwei blinden Augen verdecken bei Tage die Sterne, obwohl sie über mir stehen«, echote jener Satz in ihr, den sie von Tilla gehört hatte. Plötzlich fühlte sie sich wieder schwerelos, wie im Traum. Unter ihr wogte derselbe siderische Ozean. Aus seinem Wasser dampften und brodelten farbige Wolkenformen gleich wunderschönen, pausenlos sich verändernden Skulpturen. Sie wußte, daß ihre eigene Vorstellung sie ins Leben rief, daß sie aber nicht fest wurden. Sie waren durchsichtig, formbar, verdichteten sich nicht zu schwerer, kompakter Materie. Sie wurden durch die Schwingungsenergie, den ›Logos‹, ihres Willens fixiert und verdunsteten, sobald sie ihnen ihren schöpferischen Willensstrom entzog. Sie wußte, als hätten die Wellen der unendlichen Freude den Urozean durchspült, daß das, was sie mit ihrem ›Einsamen Traumauge‹ sah, nicht nur Wahrnehmung, sondern auch befruchtende Zeugung, Kreation war.

»Ja«, sagte Tilla leise, »du erschaffst Phantasiestatuen. Sobald du dich daran erinnerst, gewinnst du deine Macht über Elemente, Formen, Farben, Schwingungen wieder. Als Kind hattest du oft solche wiederkehrenden Träume.«

»Ich konnte niemandem was davon erzählen. Man glaubte mir nicht. Man hat mich ausgelacht.« Amrita horchte nachdenklich in sich hinein. »Mir fehlten auch die Worte. Wie hätte ich damals den blinden Erwachsenen beibringen sollen, daß die von mir geformten Bilder einen betörenden Duft verbreiteten? Und daß ich dauernd auf dreiäugige Wesen stieß, die mit dem Licht reisten und daß ich zu ihnen gehörte?«

»Du gehörst zu ihnen.«

»Wenn ein Kind sagt, daß es eine Frucht, ein Baum, ein Vogel oder ein Reh sei, dann glaubt man, es phantasiere, es spreche dummes Zeug. Ich aber weiß, daß es vergeblich versucht, die Wahrheit mitzuteilen. Ich weinte in meiner Verzweiflung und Hilflosigkeit, weil man mir nicht abnahm, daß ich mich in alles verwandeln und auch fliegen konnte. Umsonst ließ man mich im Unsinn gewähren, aber das tröstete mich nicht. Ich empfand es als großes Unglück, als großen Verlust, daß sich die Menschen den schönsten, wichtigsten Dingen verschlossen und dadurch so arm, so elend, so krank, so reizbar und so verzweifelt waren.«

»Bist auch mit vier Jahren von deiner Großmutter weggelaufen. Du hast dich auf einem Eselskarren unter Lumpen und Paketen versteckt, bist eingeschlafen, und der Abend dämmerte bereits, als du dich meilenweit von eurem Kleinstadthaus entfernt in einer Art Palmenhain wiederfandest. Der Karren stand, der Esel graste. Der Kutscher war nirgendwo zu sehen. Ungesehen verließest du das armselige Vehikel. Das hohe Gras verdeckte fast ganz deinen mageren Kinderkörper. Du fürchtetest dich nicht. Du fühltest dich wohler als irgendwann vorher. Vögel umkreisten dich, als wollten sie dich führen. Ihr Gekrächz war heiser, aber freundlich. Bei einem Baum mit völlig verbogenem Stamm mußtest du stehenbleiben, der wohl beim Kampf mit einem wilden Sturm verkrüppelt worden war, dessen Wurzeln sich aber so fest in den Boden krallten, daß er am Leben blieb. Astgabeln reckten sich aus dem Stamm empor, in denen sich Vogelnester wie Quasten im Wind wiegten. Es fiel dir nicht schwer, hinaufzuklettern und es dir zwischen zwei Nestern bequem zu machen. Wunderschöne kleine Eier leuchteten darin, leises Rumoren und Zirpen signalisierten das Leben. Weiche Blätter schmiegten sich an deinen Rücken, auch ein Ast stützte dich. Vögel duckten sich neben dich, setzten sich auf deine Schultern, dir war nicht kalt. Du erzähltest ihnen, was deine Großmutter immer abgelehnt hatte. Mit ihren beschopften Köpfen, mit ihren gelblichen Perlenaugen, mit schief geneigten Köpfen schauten sie dich zärtlich an, schlüpften unter deinen Hals, und ihr heiseres Gekrächz wurde leise und liebkosend, wenn sie dir in ihrer seltsamen Zeichensprache recht gaben. Dann schliefst du ein und erwachtest beim aufregenden Duft eines Räuchergefäßes. Du hattest gar nicht gemerkt, daß zwischen den Büscheln des höckrigen Baumes ein bärtiger, sehr alter Yogi im hohen Gras und unter den Ästen meditierte, die sich über ihn neigten. Er mußte gehört haben, was du den Vögeln erzählt hattest. Er reichte seine Bettlerschale zu dir herauf, in der sich gekochter Reis befand. Du hast die ganze Schale mit gutem Appetit leergegessen, während er dich beobachtete. Und als du in seine dunklen Augen mit dem durchdringenden Blick schautest, die zwischen den sich stauenden Runzeln hervorblitzten, sahst du, woran er dachte: nämlich mit der Sendeantenne seines Gehirns deine Großmutter zu benachrichtigen, damit sie dich fände. ›Ich will nicht nach Hause!‹ hast du gerufen. Doch plötzlich strahlte das Bild aus seinem Hirn in das deine über, wie deine Großmutter schluchzend überall nach dir suchte und deinen Namen rief. Auf einmal tat sie dir sehr leid. Du bist vom Baum geklettert und hast dich auf den Heimweg gemacht, wurdest von dem Eselskarren eingeholt, der von irgendwoher auf dem Rückweg war, und batest darum, mitgenommen zu werden. Auf halbem Weg bist du deiner Großmutter begegnet, die dem Gedankenfaden des alten Yogi folgend dir fast besinnungslos entgegeneilte.«

Amrita schaute sie erstaunt an:

»Woher weißt du das?«

»Ich weiß alles über dich. Und nicht nur von einer einzigen Inkarnation auf dieser Erde. Daran zweifelst auch du nicht mehr. Morgen wird Bettina hohes Fieber haben, muß für ein paar Tage zu Hause bleiben. Erschrick nicht. Es wird nichts Ernstes sein.«

»Warum heilst du sie nicht?«

»Noch kann ich es nicht tun. In zwei Tagen müßten wir zu einer holländischen Siedlung in Tibet reisen, mit jenem Riesenflugzeug, das ihr *Atlantis* genannt habt. Sein Name ist auch sein Schicksal. Es wird versinken, wird abstürzen. Es wird keine Überlebenden geben. Bettina muß weiterleben, und es ist wichtig, daß sowohl du als auch ich vorläufig in unseren Körpern bleiben.«

»Alle werden in diesem Riesenflugzeug sterben?« Amritas Blick war erschrocken und verständnislos. »Warum verhinderst du es nicht?«

»Ihr hattet einen berühmten Schriftsteller im vorigen Jahrtausend. Dieser hat ein sehr erfolgreiches Buch geschrieben: *Die Brücke von San Luis Rey.* Irgendwo in Mittelamerika geht eine von Eingeborenen notdürftig zusammengebaute Brücke mit acht Menschen zu Bruch, wobei keiner den Sturz überlebt. Der Autor betrachtet die einzelnen Schicksale dieser acht Menschen, und es stellt sich heraus, daß jeder am Ende seines Lebens angekommen ist. Jeder ist in eine Sackgasse geraten, aus und vorbei. Keiner von ihnen sah einen Sinn darin, weiterzugehen. Es gab keinen Ort, kein erstrebenswertes Ziel mehr. Dieses hervorragende Werk ist zum Symbol von Sterblichen geworden, die an einer solchen ›Endstation‹ angekommen sind. Könntest du in das Schicksal, das Wesen der *Atlantis*-Passagiere hineinschauen, dann sähest du, daß jeder von ihnen von der *Brücke von San Luis Rey* abgestürzt ist. Dann und dort muß der Klotz ihres Körpers von ihnen abreißen.«

»Ich habe das Buch gelesen. Es ist von Thornton Wilder.« Amrita erschauerte. »Und ich weiß, was das Karma bedeutet. Das Gesetz der Konsequenzen von Taten.«

»Das Gesetz des Karmas stampft den Ausschuß ein, und was unvergänglich Wesentliches in ihm ist, wird in eine neue Form gegossen. Ohne diese pausenlos laufenden Formveränderungen wären wir von einer Menge unentbehrlicher, reifmachender, praktischer Erfahrungen ausgegrenzt. Wir würden unsere morastverklebten Schwingen der Phantasie, unsere an die Materie gebundenen geistigen Kräfte nicht wiedererlangen. Würde ich diese Flugzeugkatastrophe jetzt verhindern, träfe die Passagiere alsbald dasselbe Schicksal in einer anderen Variation. Du kannst dich nicht anstelle eines Geschwürerkrankten auf den Operationstisch legen, damit man seine Wunde aus dir herausschneidet.«

»Ist Bettina nicht erkrankt?«

»Sie ist es auf andere Weise. Man hat ihr Zeit gelassen, ihre wichtige Rolle zu Ende zu spielen. Freilich ist auch sie sterblich.«

»Ich bin es auch!«

»Bist du es wirklich?« Tilla richtete den Blick wie zwei Laserstrahlen auf Amrita, die unter diesem Blick von unendlicher Ruhe und Heiterkeit, von Gewißheit durchströmt wurde.

»Ich verstehe«, flüsterte sie.

5.

Das Mysterium der endlosen Zahlenreihe

Bettina Orlandino mußte zur Beobachtung ins Sanatorium, doch für das Fieber, das manchmal bis auf 40° hinaufschnellte, fand man keine Erklärung. Eine Reise kam gar nicht in Frage. Ihre Auftritte mußte sie absagen. Tilla konnte sie nicht besuchen, weil die Ärzte befürchteten, daß der Zustand der Mutter möglicherweise ansteckend war. Sie blieb mit Amrita zu Hause.

Bald waren die Zeitungen, die Fernsehberichte voll mit der Nachricht über die Katastrophe der Riesenmaschine. Amrita weinte, als sie die Einzelheiten sah und las.

»Ich weiß nicht, was das in mir ist«, entschuldigte sie sich. »Ich möchte es beherrschen, aber ich bin nicht dazu fähig. Ich muß an die unglücklichen Passagiere, an die trauernden Hinterbliebenen denken. Auch Kinder waren an Bord.« Sie hob die rotgeweinten Augen zu dem wunderschönen kleinen Mädchen auf, das ihr am Frühstückstisch gegenübersaß. Sie wußte, daß Tilla trotz ihres Äußeren kein unschuldiges Kind war, sondern ein unvergleichliches, anderes Wesen, das über unheimliche Fähigkeiten verfügte. Für einen Augenblick wurde sie von bitterem Zorn auf diese mehrschichtige, unbarmherzige Kraft erfaßt, die wie blendender Glanz aus Tilla strahlte. Warum hatte sie den Passagieren nicht geholfen, wenn es in ihrer Macht stand?

»Ich habe geholfen«, erwiderte Tilla auf ihre Gedanken, »so gut und so viel, wie ich konnte. Sie haben nicht den Bruchteil eines irdischen Augenblicks gelitten.«

»Was ist eigentlich mit der Maschine geschehen?« brach es aus Amrita heraus.

»Terroristen hatten im Frachtraum eine Bombe versteckt. Es werden immer mehr, und das aus gutem Grund. Sie töten in ihrer bitteren Empörung, in ihrer Angst vor der Zukunft. Bei den meisten handelt es sich um gebildete Intellektuelle aus sogenannter guter Familie. Den Passagieren blieb gar keine Zeit, um zu begreifen, was mit ihnen geschah. Ihr Tod war blitzschnell, schön und leicht. Sie waren von der *Brücke von San Luis Rey* abgestürzt, und wenn du die spätere Entwicklung des Schicksals ihrer Angehörigen verfolgen würdest, kämst du dahinter, daß diese ihren Weg nur ohne sie in der richtigen Richtung fortsetzen können. Ich verstehe, daß du geschluchzt hast. Was mit ihnen geschehen ist, was mit allen Sterblichen geschieht, berührt dich tiefer und näher, als du denkst. Ich will es dir beweisen. Wir gehen in Bettinas Schlafzimmer. Komm!«

Amrita stand verwundert auf.

»Warum?« fragte sie, aber sie folgte Tilla.

»Du wirst schon sehen.«

In Bettinas Schlafzimmer glitzerten viele Spiegel. Sie pflegte sich stets mit zahllosen Spiegeln verschiedener Größe zu umgeben.

Tilla ließ Amrita zwei gleich große, aufstützbare Spiegel einander zugekehrt auf den Tisch stellen, die etwa einen halben Meter voneinander entfernt waren. Dann zündete sie eine blaue Schmuckkerze an, die in einem silbernen Kerzenhalter steckte, und gab ihn Amrita in die Hand.

»Stell sie zwischen die beiden Spiegel!«

Amrita tat, wie ihr geheißen.

»Blick in die Spiegel! Was siehst du darin?«

»Daß sich die Kerze ... vervielfacht.«

»Zwischen den beiden Spiegeln wird sie zu einer endlosen Zahlenreihe. Dies sind die einander zugekehrten Spiegel der Maya, das Blendwerk, zwischen denen die *Eins* unzählbar viel zu sein scheint. Darum ist die *Zwei* die Schlüsselzahl der Erde. Von den Gestalten, die sich zahllos aneinanderreihen, empfindest du die hundertste als fremd, die tausendste als unsympathisch, die zehntausendste als deinen Feind, deinen drohenden Henker. Dabei leuchtet nur eine einzige Kerze zwischen den beiden Spiegeln. Heb jetzt die Kerze heraus!«

Amrita betrachtete die Spiegel, die herausgehobene Kerze in der Hand.

»Die Spiegel sind leer!« flüsterte sie mit der Aufregung der Erkenntnis.

»Es bedurfte nur einer einzigen Dimensionsbewegung, daß du wahrhaftig, mit der Erschütterung der Wahrheit erkennst, daß die Menge, das Getrenntsein, Illusion ist. Als du in den Aufzug eines fernen Luxushotels in den Bergen stiegst, wo du neben einem kranken kleinen Jungen standest, der kaum gehen und sprechen konnte und der bald darauf starb, hast du dich zwischen zwei Spiegeln ebenso betrachtet. Kann jemand bezweifeln, der diese Erscheinung gesehen hat, daß die endlose Zahlenreihe jeder Projektion du selbst warst, allein zwischen den beiden Spiegeln? Weißt du überhaupt, was diese Dimensionsbewegung in Wirklichkeit bedeutet, mir, der du dich der Vorstellung des Viel und des Getrennten entziehen kannst?«

»Ich weiß es nicht.«

»Das Aufgeben des Ego, der Fesseln der Persönlichkeit. Die Vereinigung mit dem Einen. Diese Bewegung führt nach innen und nach oben.«

Amrita holte tief Luft:

»Mein Hindumeister, den ich früher oft besuchte, hat

einmal gesagt: ›Zwischen dem Gott des Nirwana und mir stehe ich. Das persönliche, vergängliche Ich.‹«

»Und was hat er dich sonst noch gelehrt? Erinnere dich!«

»Ich erinnere mich. Die These der höchsten, kosmischen Moral: ›Tat tuam asi.‹ Auch du bis Er. Auch du bin ich. Auch du bist Gott.«

»Ja, du hast geschluchzt und geweint, weil du auch mit den unglücklichen Passagieren des Flugzeugs, mit ihren trauernden Angehörigen *eins* bist. Nicht in der relativen Zeit, sondern über den vergänglichen Erscheinungen, wo alles mit allem zusammenhängt. Buddha hat über diesen Zustand zu seinen Schülern gesagt, daß an der Schwelle des Nirwana die Worte zusammen mit den Gedanken umkehren. Nichts entspricht dort. Doch am allerwenigsten entspricht das Nichts.«

6.

Innerhalb und außerhalb der Zeit

Tilla entwickelte sich prächtig und wuchs heran. Gleichaltrige Freundinnen hatte sie nicht. Sie gehörte nur zu Amrita und zu ihrer Mutter. Bettina war froh, daß sie das Mädchen mit niemandem teilen mußte. Ihre instinktive, namenlose Unsicherheit, eine Ahnung, die selbst durch das Dickicht ihres Körpers, ihrer Sinne hindurchsickerte, hielt sie im Zustand einer dauernden Beklemmung fest. Sie suchte stets nach Ursachen, fand aber keine. Sie lauschte, sie war stets sprungbereit. Nur auf Amrita erstreckten sich ihre Sorge, ihre Eifersucht nicht. Das Mädchen war für sie auf seltsame Weise unpersönlich, aber wichtig geworden wie die Luft. Sie hatte keine Ahnung, daß sie ihr unter der Wirkung einer Art Suggestion solche Gefühle entgegenbrachte. Einer ihrer Freunde, unsterblich in die Sängerin verliebt, wie so viele andere Männer, die der Wirkung des Imagos ihrer Rollen und des Zaubers ihrer Stimme unterlagen, entdeckte, daß Tillas linke Handfläche ›leer‹ war. Dieser seltsame Mann mit den trüben Augen beschäftigte sich mit ›okkulten‹ Dingen. Übrigens war er ein sehr schöner, muskulöser, bisexueller Tänzer, steckte die Nase in alle Richtungen auf transzendentem Gebiet, doch bei dieser Erscheinung blieb er nur an der Oberfläche. Er beobachtete seine Träume, hatte Visionen und manchmal ›hörte er Stimmen‹. Obwohl er glaubte, sich mit Charakterologie zu befassen, projizierte er auf alle seine Bekannten das Bild von Menschen, wie er sie gern gesehen hätte. Also mußte er manche Enttäuschung hinnehmen. Seine Liebe, seine Leidenschaften für Frauen und Männer gleichermaßen waren ein einziges Flammen und Lohen, das ihn bis an den Rand des Nervenzusammenbruchs trieb, an jeder Affäre ›starb‹ er ein wenig, um sich dann drei Tage später kaum mehr an den Namen zu erinnern. Bei Bettina harrte er länger aus als bei den meisten seiner Herzenssachen, und zwar Tillas wegen. Er war von dem Mädchen entzückt und fasziniert, es beunruhigte und verwirrte ihn. Er drehte und wendete die linke Hand des Kindes, konnte er doch angeblich auch aus der Hand lesen.

»Ich verstehe das nicht. Ich kann das nicht begreifen«, pflegte er zu Bettina zu sagen.

»Was kannst du nicht begreifen?« fragte Bettina mit nervöser Ungeduld.

»Ihre linke Hand bedeutet die Vergangenheit. Doch da ist keine Kopf- oder Herzlinie, keine Lebens- und Schicksalslinie vorhanden. Es ist wie bei einem sehr alten Baum, der keine Jahresringe hat, die sein Alter, die erlebten Stürme, die wiederkehrenden Perioden der Sonneneruptionen anzeigen.«

»Ist das vielleicht ein schlechtes Zeichen für die Zukunft?« Die Sängerin preßte die Hand aufs Herz.

»Das glaube ich nicht. Es ist nur eins der unlösbaren Rätsel. Tilla ist ein ganz besonderes, wunderschönes Kind.«

»Und kerngesund!« Bettina hob das Kind hoch. »Ich bin deine Unkerei leid! Am Ende wirst du sie noch erschrecken. Oder sie mit deinen Perversionen beschmutzen.«

Tilla blitzte den Tänzer an, der unter dieser grünen Flamme zusammenfuhr. Eine unerklärliche Beklemmung nahm von ihm Besitz. Er hatte plötzlich das Gefühl, vor etwas flüchten zu müssen, das er nicht ertragen konnte. Aber auch Bettina hatte ihren schönen, bisexuellen Tänzer satt, und er verschwand aus ihrem Leben.

Dann, später, in einer Nacht trat Tilla barfuß, lautlos, als wäre ein Schmetterling über den teppichbelegten Boden gehuscht, im Stockfinstern an Amritas Bett. Damals war sie nach der relativen Zeit acht Jahre alt. Ihre Mutter bestand eine Zeitlang darauf, daß im Kinderzimmer eine schwachleuchtende kleine Birne brannte, wo nebenan in einer Nische Amrita schlief, doch Tilla hatte sie gebeten, die Lampe nicht zu benutzen.

»Warum nicht?« fragte Bettina.

»Sie stört mich. Ich habe auch sonst keine Angst.« Allerdings verriet sie ihrer Mutter nicht, daß sie auch im Dunkeln sehr gut sehen konnte.

»Amrita!« flüsterte sie dem Mädchen ins Ohr. »Wach auf!«

Amrita schreckte hoch. Während sie beide Beine aus dem Bett schwang, klatschte ihr langer Zopf auf den Rücken. Sie schaute erschrocken auf Tilla, um die herum ein Lichtschein dämmerte. Sie zweifelte keinen Augenblick lang daran, daß Tilla sie wegen wichtiger Dinge geweckt hatte, sie aber still sein mußte. Dabei konnte sie sich nie an diese weißlichblaue Strahlung gewöhnen, mußte den Schrei, der ihr in der Kehle steckte, mit Gewalt unterdrücken.

»Auf Zimmer 240 hat Ingrid Richter eine tödliche Dosis Schlaftabletten geschluckt.«

Amrita kannte Bettinas deutsche Kollegin, die ihre Stimme verloren hatte, aber trotzdem noch sang. Die größeren Rollen wurden ihr der Reihe nach genommen, sie aber klammerte sich krampfhaft als gedemütigtes, geduldetes Mitglied des Ensembles an ihre Einwort-Rollen oder an ihre Auftritte im Chor. Rebellisch, auch bei Tage grell geschminkt, in lächerlicher Teenagerkleidung und Miniröckchen, unter denen knotige, mit Krampfadern bedeckte Beine herausragten, wollte sie einfach nicht älter werden.

»Ihre Zeit ist noch nicht gekommen. Sie wird ihren neuen Rollenkreis finden, von dem sie vorerst noch nichts weiß. Sie wird Erfolge haben. Der junge Flegel, den sie aushielt, hat sie geohrfeigt, sie angebrüllt, es sei an der Zeit, daß so eine blutleere, alte Hexe endlich verrecke, hat sie aufs Bett geworfen und verlassen. Ingrid hat das ganze Röhrchen Schlaftabletten geschluckt. Ruf den Rettungsdienst an! Man muß ihr rechtzeitig den Magen auspumpen.«

Amrita huschte wortlos in den Flur zu dem etwas weiter entfernten Etagenapparat. Schon bald hörten sie die Sirene des Rettungswagens, ein Flüstern und gedämpfte Schritte vor der Tür. Da lagen beide schon im Dunkeln in ihren Betten.

Bettina Orlandino wurde durch das Sirenengeheul, die Geräusche und die Panikwellen geweckt, die in ihr Zimmer fluteten. Sie stand auf und öffnete die Tür zum Flur einen Spaltbreit. Gerade in diesem Moment wurde ihre Kollegin an ihr vorbeigetragen. Sie zog sich schnell zurück, ihr Herz begann vor Aufregung schneller zu schlagen. Dann kamen ihr die Tränen. Sie konnte nicht allein bleiben und eilte in Tillas Zimmer. Dunkle Stille empfing sie, nur die Ohren dröhnten ihr, die Halsschlagader pulsierte. Ob Tilla und Amrita durch den Lärm geweckt worden waren? Sie mußte unbedingt mit jemandem sprechen, weil sie es allein nicht aushielt. Ihr Schluchzen wurde immer lauter.

»Was ist geschehen, Mutter?« vernahm sie Tillas verschlafene Stimme. »Die Sirenen waren so laut. Bitte, mach Licht!«

Als Licht das Zimmer erhellte, setzte sich Tilla im Bett auf und rieb sich die Augen.

»Irgend jemand ... irgend jemandem ist schlecht geworden«, bebte Bettina, keuchend vor Weinen. »Ich wollte nicht mit eingecremtem Gesicht auf den Flur treten und mich erkundigen.«

»Tante Ingrid Richter?«

»Woher weißt du's?« fragte sie verdutzt.

»Ich habe gehört, als dieser junge Mann, mit dem sie in einem Zimmer wohnt, mit ihr herumgeschrien und sie laut geweint hat.«

»Ja, ja, mein Liebling. Vielleicht will sie diesen ... diesen jungen Mann nur erschrecken. Es wird ihr bald besser gehen.« Sie beugte sich nieder und küßte Tillas Haar. »Schlaf jetzt, mein Liebes.« Sie löschte das Licht, trat in Amritas Nische und zog den Vorhang hinter sich zusammen. Am Bett verbreitete eine kleine Lampe gedämpftes Licht. Die junge Frau hatte sich aufgestützt und las.

Bettina ließ sich auf der Bettkante nieder. Ihre Lippen bebten.

»Was liest du denn da?« Damals duzten sie sich bereits, weil sie Amrita immer mehr als Freundin empfand.

»Die Bhagavadgita, das ›Göttliche Lied‹ der Hindus. Ich mag es ganz besonders. Es kündet von der Unsterblichkeit, davon, was in uns ewig, unverletzlich und unaustilgbar ist.«

Bettina barg das Gesicht in beiden Händen.

»Ich möchte wissen, was dies hinsichtlich des Menschen bedeutet, auf den tausend Gefahren und Schmerzen lauern. Ich möchte daran glauben und Trost darin finden wie du.« Sie ließ die Hände sinken. Ihre Augen waren feucht vor Tränen. »Man hat Ingrid Richter auf einer Bahre an meiner Tür vorbeigetragen. Sie hat schon wieder einen Selbstmordversuch unternommen ... nicht zum erstenmal. Einmal kam nicht der Rettungsdienst, sondern ...« Sie senkte den Kopf, Falten durchfurchten ihre Stirn. »Sie war bewußtlos. Kreidebleich und ... sehr, sehr alt.« Sie kreuzte die Arme und massierte sich die Haut, als fröre sie. »Vor Tilla wollte ich es nicht erzählen. Wie wunderschön Ingrid einst war. Als kleines Mädchen habe ich sie mir in jeder ihrer Rollen angeschaut. Zuerst sang sie in der Oper, dann, als ihre Stimme den Glanz und die Kraft verlor, wechselte sie zur leichten Muse. Ihre Schönheit blieb lange Zeit ungebrochen. Große Operetten, Musicals, Filme, Fernsehen — Videospiele. Niemand trug die berühmtesten Chansons der Welt vollkommener vor. Auch ohne Stimme. Solange sie noch ihre Figur hatte, bevor sie auseinanderging, suchte auch ihre Bewegung ihresgleichen: biegsam, sinnlich, pantherartig. Man war verrückt nach ihr. Sie konnte alles. Sie sprach die schönste Prosa der Weltsprachen ... Warum muß eine so hervorragende Künstlerin, die allen soviel Freude und Genuß bereitet hat, auf solch erbärmliche Weise alt werden? Sie hält Kerle aus. Sie läßt sich alle zwei Jahre das Gesicht, die Brust, die Arme liften. Ihre Haut ist voller Altersflecken ... In dem Film, den man jetzt mit ihr dreht, spielt sie eine verrückte alte Schmierenkomödiantin, die im Zuschauerraum randaliert und von Polizisten aus dem Saal entfernt wird, während sie dauernd kreischt, die Vorstellung müsse sofort abgebrochen werden, weil ich ihr die Rolle geklaut habe. Rote Federn ragen aus ihrer Wuschelperükke. Über dem Mund verschmierter Lippenstift. Sie zieht ihren Rock mit den vielen Volants bis zu den Hüften hoch und wirft ihre knotigen Beine in die Luft. Manchmal tanzt sie einen Cancan im Ballett, ihre Kollegen und die Zuschauer aber lachen sie aus. Mich haßt sie so sehr, daß sie Krämpfe und Allergien bekommt. Werde ich eines Tages auch so sein, Amrita?«

»Du wirst niemals altern, Bettina.« Amrita legte die Hand auf den Arm der Sängerin und spürte, daß sie zitterte. »Deine Haut ist duftig, deine Stimme kristallklar, als würde sie mit unerschöpflicher Kraft aus irgendeiner verborgenen Sternenquelle strömen. Du singst in vier Oktaven gleichermaßen vollkommen. Du bist einzig und unersetzlich in deinem Beruf. Doch nicht allein durch deine Schönheit und deine Begabung bleibst du alterslos, sondern auch durch Tillas Liebe. Ich liebe dich auch. Du bist nicht allein.«

»Wirklich«, sagte Bettina nachdenklich aufblickend, »ich weiß nicht, warum mich das Schicksal so reich beschenkt hat. Wenn Tilla groß ist und heiratet, wird sie eine wunderschöne Frau sein. Sie ist unendlich gut. Wenn sie nur nicht ... so unheimlich klug wäre.«

»Unheimlich?«

»Es macht mich unruhig. Ich verstehe es nicht. Sie ist zärtlich zu mir. Scheinbar verbirgt sie nichts, dennoch habe ich manchmal das Gefühl, daß es Schlösser in ihr gibt, die für mich zugesperrt bleiben. Sie ist außerordentlich musikalisch, weiß von der Musik fast mehr als ich. Und ihre Stimme ist ... etwas Eigenartiges. Noch nie habe ich ein solches Timbre gehört. Wenn sie in der Pubertät diesen silbernen, zärtlichen Klang nicht verliert, kann niemand mit ihr wetteifern. Und wenn sie Lust dazu hat, werde ich ihr den Stafettenstab gern überlassen. Ich werde mich über ihre Erfolge freuen ... mehr als über meine eigenen. Glaubst du mir das?«

»Natürlich. Aber ich glaube nicht, daß sie den Stab von dir annimmt. Sie will weiter studieren, interessiert sich sehr für die Naturwissenschaften, die Astrophysik, die Biologie. Ich muß ihr immer einschlägige Bücher aus der Bibliothek holen. Ich glaube, Tilla wird die Musik nur zur angenehmen Entspannung dienen, wenn sie groß ist.«

»Seltsam.« Bettina schüttelte den Kopf. »Mich konnte so etwas nie fesseln. Ihr Vater aber beschäftigte sich mit

Molekularbiologie ... Und die Liebe? Auch sie wurde als Frau geboren!«

»Was hat dir die Liebe neben deiner Kunst bedeutet, Bettina?«

»Nicht viel, aber ... Tilla habe ich dennoch einer kurzen, heftigen Leidenschaft zu verdanken.«

»Laß uns jetzt nicht in die Zukunft abschweifen! Sei in den Gaben deines Schicksals gegenwärtig. Einverstanden?«

»Du hast recht.« Sie erhob sich. »Auch du mußt schlafen.« Ihr langes, von glitzernden Lichtern durchsetztes blondes Haar rieselte ihr über den Rücken. Ihre kleinen, festen Brüste schimmerten durch den Seidenmantel. Sie war sehr schön. Ihre weitgeöffneten Augen starrten ins Unendliche. Amrita spürte plötzlich, daß der Rausch, der von Bettina Besitz ergriff, von Tilla ausströmte. »Ich bin müde«, flüsterte sie und trat an den Vorhang. Bevor sie ihn aber auseinanderzog, drehte sie sich um. »Was verstehst *du* unter Liebe, Amrita?« Sie wartete die Antwort nicht ab, eilte mit leisen Schritten durch Tillas Zimmer und lief zur Tür hinaus.

Was hätte sie ihr erwidern sollen? Sie hätte es nicht verstanden, hätte sich nur noch mehr aufgeregt. Als Tilla ihr damals erklärte, warum sie sich auch in dieser Beziehung vollkommen von anderen unterscheide, war Amrita im ersten Augenblick selbst erschrocken, bis ihre Beklemmung durch die Gewißheit verwischt wurde, daß Tilla recht hatte. Sie hatte es immer schon gewußt, wenn sie es auch nie für sich formuliert hatte. Nie hatte sie sich die Liebe mit einem Mann oder einer Frau gewünscht, und diese hatten sich ihr auch nicht genähert. Dabei sah sie gut aus. Eine hochgewachsene, schlanke Figur, schöne Gesichtszüge, große braune Rehaugen mit langen Wimpern. Viele mochten sie, sie hatte Freunde, man suchte ihre Nähe, aber anders. Man wollte mit ihr reden, beruhigte sich in ihrer Nähe. Auch sie verstand es zu lieben, zu bemitleiden und zu dienen. Schon als Kind spürte sie die anziehenden oder abstoßenden Ausstrahlungen der Menschen ihrer Umgebung oder die eines jeden, dem sie begegnete, ja sogar, welche Gedanken sich hinter ihren Worten verbargen. Sie wagte es nicht, mit jemandem darüber zu sprechen, und darüber schon gar nicht, welch seltsame Vorstellungen sie am Abend nach dem Zubettgehen hatte, im Dunkeln, noch vor dem Einschlafen. Es war, als wäre ihr Gehirn zur Empfangsstation von Geschehnissen und Bildern geworden. Sie sah und hörte die Verstrickungen menschlicher Beziehungen, Worte und Konflikte, die sich hinter geschlossenen Türen abspielten. Sie hatte mit diesen Erscheinungen nichts weiter zu tun, als sie betroffen, von Grauen oder von Mitleid erfüllt zu verfolgen. Sätze, Bruchteil von Szenen schwammen durch ihr Bewußtsein hindurch, und ihr war, als würde jemand das Gesehene kommentieren, oft mit ersterbender Stimme, mit Auslassungen und Unterbrechungen: »Die Armen … die Ärmsten … sind verstümmelt … Offene Wunden bluten in ihnen …« Sie sah auch die seltsamen Wunden, die amputierten, entzweigeschnittenen Körper, die sich aus Schwingungen bildeten. An den Schnittstellen baumelten durchsichtige Fühler, schwangen zur anderen Hälfte hinüber, um sich festzuklammern, zu Krallen gebogen, dann hilflos herabsinkend, zu trocknenden Stummeln schrumpfend. Ein Netzwerk aus Nervenfäden, dünner als ein Haar, tauchte in ihr zäh und gespannt auf, aus dem sich Schreie lösten, ohrenbetäubendes Wehklagen, Lustschreie wie das wahnsinnige Opus von Fingern, die an Harfensaiten rissen. Dies alles bekam erst dann einen Sinn für sie, als es Tilla beim Namen nannte, sie aber endlich all dem entgegensehen konnte, entgegenzusehen wagte, dessen Sinn ihr immer wieder entglitten war oder vor dem sie bisher die Flucht ergriffen hatte. Auf welch einfache Weise, mit einem Lächeln, hatte Tilla ihr erklärt: »Warum protestierst du gegen deine besondere Wirklichkeit? Du bist anders, Amrita. In den Wurzeln deines Wesens unterscheidest du dich vom übrigen Menschenbruch, genauso wie ich. Die anderen Sterblichen sehen das nicht. Sie dürfen es auch gar nicht sehen.«

»Wie meinst du das ... Wovon sprichst du eigentlich?« stotterte Amrita in jäher Aufregung, obwohl sie wußte, wenn sie es auch nicht zu glauben wagte, daß Tillas Worte ihre ausgrenzende Einsamkeit ins Licht rückten.

»Davon, daß du *vollkommen* bist, Amrita. Auch in dir sind die zwei eins geworden. Die entsetzliche Wunde der Geschlechter in dir hat sich geschlossen.«

Welch eine Last war plötzlich von ihr genommen! Alles rückte an seinen Platz, löste sich, weil es einen Namen trug. Aus einem verkrüppelten Monster, aus dem Träger geheimer Degenerierungen war sie zu einem Ganzen geworden. Die Haß-Liebe-Kämpfe der Geschlechter mit ihren aus Sternenfernen zueinander hinstrebenden, hoffnungslosen Ersatzhandlungen tobten nicht mehr in ihr. Sie hatte die Harmonie mit sich selbst und dem Weltall hergestellt.

»Wie könnten wir sonst beieinandersein?« Tillas Gedankenperlen kullerten in ihr Wesen. Sie kühlten und heilten, machten sie glücklich. Sie wußte, daß sie keine Worte hörte. Sie sprachen immer weniger, nahmen die Mitteilungen des anderen eher über das Leitungsnetz ihrer Vorstellungen wahr. Sie war sich sicher, daß diese scheinbar neue Wahrnehmungsweise eine uralte Fähigkeit war, eine Kontaktmöglichkeit, die zwischen ihnen nun endlich wiederhergestellt worden war.

Der Name der alten Schauspielerin, die einen Selbstmordversuch gemacht hatte, kam auf die Titelseiten. Freilich wurde sie gerettet. Die ältere Journalistengeneration verfaßte herzerweichende Geschichten über sie. Man kramte alte Fotos und Filme hervor, ihre Fernsehspiele wurden mit großem Erfolg gesendet. Die Jungen verliebten sich in ihre ehemalige Schattengestalt, machten Interviews mit ihr. Ihre Langspielplatten und Videokassetten wurden wieder ein Hit. Ein tüchtiger Regisseur kam dahinter, welch ausgezeichneten Humor Ingrid Richter hatte. Mit bitterer Ironie parodierte sie die einstige Tragödin in sich, übertrieb das Pathos ihrer klassischen Rollen. Man schrieb ihr komische Rollen auf den Leib. Das Publikum krümmte sich vor Lachen, wenn sie den Text der allerprosaischsten Situationen fast im Kothurn, mit dramatischem Pathos skandierte, so etwa am Herd vor der Köchin: »Und das sollen Kutteln sein? Wo bleiben denn die Extraflechsen?« Sie bekam hervorragende Kritiken.

»Was sagt ihr zu Ingrid?« fragte Bettina Tilla und Amrita, eingeschnappt wie alle Schauspieler, wenn ein Kollege Erfolg hat. »Sie erlebt ihre fünfte Jugend. Sie wollte sterben und wurde wiedergeboren!«

»Jeder muß sterben, um wiedergeboren zu werden«, versetzte Amrita lächelnd. »Auch innerhalb eines Lebens kann das recht oft vorkommen. Eine Epoche geht zu Ende, und etwas ganz anderes nimmt seinen Anfang. Wie oft wurdest du denn wiedergeboren, Bettina?«

Die Sängerin schaute sie verwundert an, ihr Blick verlor sich in sich selbst.

»Das ist interessant. Daran habe ich noch gar nicht gedacht. Allerdings erinnere ich mich an die einzelnen Lebensabschnitte so, als hätte ich sie gar nicht selbst erlebt. An meine Mutter. An meine Kindheit. An meine Amouren. Ich glaube zu verstehen, wovon du sprichst.

Nach Tillas Geburt hat sich alles, was bis dahin geschehen war, in eine blasse, fremde Vergangenheit verwandelt.«

»Und du bist in der ewigen Gegenwart angekommen.«

Bettina zog Tilla an sich.

»Wenn es nur immer so bliebe! Wenn nur die Zeit stehenbliebe!«

»Es gibt keine Zeit!« lachte Tilla zu ihr auf. »Es gibt nur ein Jetzt.«

»Natürlich«, nickte Bettina unsicher, denn ihre Gedanken waren zu ihren verworrenen Gefühlen Ingrid gegenüber zurückgekehrt. »Unglückliche, alte Schmierenkomödiantin! Und töricht obendrein!« Amrita und Tilla wußten, wen sie jetzt wieder meinte. »Sie duldet es, daß man über sie lacht! Sie genießt es sogar! Und ich …? Wie werde ich wohl die schwarze Schlucht der Jugend und des schrecklichen Alters überbrücken? Nie könnte ich das Mitleid ertragen, lieber …«

»Auch über das Alter wirst du hinwegfliegen wie eine Fee«, sagte Tilla und schmiegte sich an sie. »Feen bleiben immer wunderschön und jung, weil sie zaubern können. Du hast es mir erzählt. Sie haben einen Zauberstab. Sie klopfen mit ihrem Stab auf die Schlucht, und diese verwandelt sich in einen Blumengarten. Auch im Alter von zehntausend Jahren wirst du singen wie eine Lerche. Mutter! Hörst du mir zu?«

»Natürlich höre ich dir zu«, erwiderte sie, doch ihre Stimme klang zerstreut, ihre Augen waren voller Tränen.

»Das Morgen gibt es noch nicht — nicht wahr?«

»Nein, gibt es nicht.«

»Und das Gestern gibt es nicht mehr?«

»Es gibt kein Gestern.«

»Was gibt es dann?«

Bettina lachte auf.

»Das Heute!« Sie sang einen Lauf mit ihrer Silberstimme, der steil nach oben kletterte. Sie nahm Tillas Hände und tanzte einen Reigen mit ihr, während sie lachend und trillernd immer wieder rief: »Es gibt nur das Heute! Nur das Jetzt, meine kleine Tintinella!« Sie warf sich keuchend auf einen Stuhl und wischte sich die Tränen ab, diesmal aber vor Lachen.

Als Bettina gegangen war, fragte Amrita:

»Kannst du mir immer noch nicht sagen, was du mit deinen übermenschlichen Fähigkeiten auf unserem kleinen blauen Planeten anfangen willst? Du kannst deine Mutter beruhigen und eine Weile glücklich machen ... Und was kommt nachher?«

»Nachher wird sehr viel geschehen. Zusammen mit dir.«

Sooft Tilla ihr ›Kinderkostüm‹ ablegte, durch das die gewaltige Kraft eines zeitlos reifen Wesens strahlte, war Amrita stets von der schier unerträglichen Berührung erschüttert.

»Zusammen mit mir?« Ihr Körper erbebte. »Ich bin doch nur deine Dienerin!«

»Du bist zu mehr als das bereit. Hab Geduld. Warte.«

»Was wird aus Bettina?«

»Sie klammert sich noch an unfixierbare Dinge. Sie glaubt an den Tod, doch der Schwingungs-Logos ihrer Stimme hat es möglich gemacht, zum Instrument meiner Geburt zu werden. Darum wird sie ohne Furcht, ohne Schmerzen in die lange Nacht hinübergehen. Bis dahin aber wird sie glücklich und erfolgreich sein.«

»Du weißt, wann sie sterben wird? Tut sie dir nicht leid?«

»Wie sollte mir jemand leid tun, der wahrhaftig unsterblich ist? Mir tut auch die untergehende Sonne nicht leid, die vor mir verschwindet und hinter dem Horizont versinkt, weil ich sicher bin, daß sie ihren Weg in der Nacht fortsetzt und am Morgen wiederkehrt, sich rot aus dem Schoß der Dunkelheit reißt wie die Neugeborenen. Ich habe sie lieb. Wir werden einander nie verlieren.«

7.

Vulkan

Tilla wuchs heran und lernte. Die Prüfungen bereiteten ihr keine Schwierigkeiten. Sie waren viel auf Reisen.

Die zunehmenden Barrikaden der Welt, die ökologischen Gefahren, die sich steigernden Konflikte beunruhigten Bettina Orlandino immer mehr. Wenn irgendwo der Ausbruch verschiedener Emotionen unterdrückt wurde, brachen an einem anderen Ort der Erdkugel tödliche Revolten aus. Menschen und Elemente, unlösbare wirtschaftliche Probleme, der Mangel an Energie, die Lebensmittel- und Wasserknappheit — all dies machte das Zusammenleben der Gemeinschaft immer unerträglicher. Die Masse wurde von neurotischer Beklemmung angesichts der unsicher gewordenen Lebensumstände und von Zukunftsangst ergriffen. Naturkatastrophen, körperlich-seelische Infektionen, hemmungslose Ausbrüche lasteten wie ein abergläubisches, biblisches Allgemeinbefinden auf den Sterblichen. Die Erde bebte. Das Magma längst erloschener Vulkane ergoß sich über bewohnte Gebiete. Sintflutartiger Regen verursachte manch unverhofften Erdrutsch, wobei die Geröllmassen sich über friedlich schlafende Siedlungen ergossen und die Menschen zu Zehntausenden unter schweren Schlammmassen den Tod fanden. Kontinente brachen auseinander. Berge türmten sich auf. Seltsame Inseln tauchten gleich Basaltstatuen aus dem Ozean auf, erinnerten an Reptilienfiguren, an die Formationen von Stonehenge.

Orkane verwüsteten Städte, Wälder wurden vernichtet, die Luft in vielen bewohnten Gebieten war nicht mehr zu atmen. Der Hunger in den unterentwickelten Ländern wurde trotz aller Anstrengungen der Wohlstandsgesellschaft zu einer unlösbaren Frage, doch war auch in den Industrieländern durch die sich rapide entwickelnde Robotertechnik eine zunehmende Arbeitslosenzahl zu verzeichnen. Bei den arbeitslosen Massen, die von Sozialhilfe ihr Leben fristeten, nahmen die Kriminalität, der Alkoholismus, der perverse Feldzug des Terrorismus, der Prostitution und der durch unbekannte Viren hervorgerufenen Seuchen ein erschreckendes Maß an. Die sich hervorragend entwickelnde Medizin, die Biologie waren unfähig, mit den sintflutartigen Problemen fertigzuwerden. Vergebens alle die glänzenden Resultate — das ›aus dem Wasser gewonnene Feuer‹, die aus dem Wasserstoff gewonnene Energie, der Treibstoff aus der Sonnenenergie, der Strom aus den Wellen des Meeres —, alle diese Lösungen deckten den Bedarf bei weitem nicht. Trotz der Demonstrationen der Umweltschützer war man gezwungen, die Anzahl der gefahrenträchtigen Atomreaktoren zu vergrößern, deren bedrohlichste und unlösbare Konsequenz der Atommüll war. Vergebens versuchte man, einen Teil wiederzuverwenden. Der Müll fiel immer wieder zuhauf an und nahm in einer Masse zu, daß man mit seinem radioaktiven Stoff nichts anfangen konnte. Weder die Erde noch das Meer, noch der Weltraum nahmen ihn auf. In der Stockfinsternis der immer länger werdenden Stromabschaltungen infolge des sich auf fatale Weise steigernden Energiehungers streiften Scharen von Kriminellen gleich hungrigen Wölfen plündernd, raubend und mordend umher.

Damals lebte Bettina Orlandino mit Tilla, Amrita und Garderobieren-Zofe bereits auf der Hochebene der tibetischen Berge, die durch die Kraft der Elemente, welche die Materie mit Fäusten bearbeitete und in einen Schraubstock zwängte, sich in schnellem Takt auftürmten. Sie lebten in ihrem eigenen Haus unter den luxuriösen Umständen, errungen durch Geld und Macht der schrumpfenden Elite dieser Welt, in der Nähe des Theaters, des Fernseh- und des Rundfunksenders. Über ihren Köpfen schwebten große Nachrichten-, Aufklärungs-, und Versuchssatelliten sowie Raumlaboratorien, aus denen immer mehr Forscher die Alarmsignale der Erde und der Sphären des lebendigen Planeten beobachteten und die Vakzinen für seine Krankheiten zu finden versuchten, vorläufig ohne Erfolg. Bettinas schimmernde Blondheit, ihre silberne Stimme wurden aus dieser geschützten Zentrale weiterhin auf sämtliche noch funktionierenden Bildschirme projiziert, obwohl die wachsende Bevölkerung, deren nackte Existenz in Gefahr war, nahezu vollkommen aus der Essenz der Begabung, der Erkenntnis und der Schönheit ausgegrenzt war, die den Menschen über das Vegetieren, die Raufereien ums Dasein und um die Erhaltung der Rasse hinaushob. Tilla hatte den Stoff der Eliteklassen flugs durcheilt und früher ihr Abitur bestanden als ihre Altersgenossinnen. Auch bei ihren Hochschulprüfungen galt sie als ›Wunderkind‹. Sie hatte es eilig, ihr Diplom zu machen, um als Assistentin des weltberühmten Biologen Professor Végár arbeiten zu können, bei dem ihrer Meinung nach mehr Ganglien erleuchtet worden waren als bei seinen übrigen Kollegen. Der Professor war nicht in den Weltraum geflüchtet; er experimentierte an der Universität, die auf der Hochebene errichtet worden war. Aufgeschlossen, wie er war, interessierte er sich für alles: für Mathematik, Psychologie, Ethnologie, Astronomie, Anthropologie, Ökologie ebenso wie für Molekularbiologie. Er war sich sicher, daß die Wissenschaften zusammengehörige, sich gegenseitig ergänzende Elemente des unlösbaren Mysteriums des Lebens darstellten. Was die Erkenntnis der ›Wissenschaft der Zusammenhänge‹ betraf, war Tilla der gleichen Meinung, hütete sich aber, durch ›sonderliche‹ oder ›irrationale Phantasmen‹ Aufsehen bei den Kollegen zu erregen. Amrita allein war ihre Vertraute, die alle Hürden der Prüfungen ebenso leicht genommen hatte und als Mitarbeiterin von Professor Végár bei ihr geblieben war.

Die sich unruhig verändernde Oberfläche der Erde, das Anwachsen verschiedener Schäden, die Ausbrüche rasender Emotionen von Elementen und Menschen, lokale Kriege, Aufruhr, fanatische Massen, die sich extremen, atavistischen und utopischen Parolen anschlossen, Greueltaten, vom Wahn des Weltuntergangs besessene Prediger, die Taten von Demonstranten wurden durch die immer vollkommener werdenden Medieninstallationen erbarmungslos an jeden Punkt der Erde übertragen. Die Nachrichten brachen in geschlossene Wohnungen ein, die Bilder zeigten in Nahaufnahme die Sensationen der Attentate und Morde, die blutigen Leichenberge, die gebrochenen Augen, verstümmelte, vor Entsetzen weinende, wehklagende Kinder, fluchende Mütter und Ehefrauen. Diese apokalyptischen, mit den Ereignissen synchron gesendeten Bilder steigerten die hoffnungslose, verzweifelte Stimmung der Massen und lieferten mit ihrem Horror, mit der Suggestion öffentlicher Unzucht und teuflischer Phantasmen ein immer schrecklicheres Modell für weitere, neue, entsetzliche Taten.

Bettina Orlandino schaute nicht mehr zu, wollte nicht sehen, was in der Welt geschah. Sie flüchtete in die Musik. Doch Tilla und Amrita beobachteten die Ereignisse wie ein Arztteam die fortschreitenden Symptome einer Krankheit, weil Heilen ihr Ziel war. Angesichts der schmutzigen, zornig strudelnden, tangigen, schmutziggrau schäumenden Wellen, einer Folge des ansteigenden Meeresspiegels, welche massenweise Täler, Wüsten und Wälder überschwemmten, lehnte sich Tilla seufzend zurück:

»Nun ist auch das geschehen«, sagte sie zu Amrita.

»Was ist geschehen?«

»Jetzt hat das Wasser des Ozeans auch den tiefen, breiten Krater des 1908 niedergegangenen Tungus-Meteors überflutet. Doch dies ändert nichts an der Wirkung, die er seitdem auf die Erde ausübte. Übrigens waren die Wüsten während der sich alle Jahrmillionen wiederholenden Kataklysmen, während jener Epochen, da Terra umgewandelt und neu geformt wurde, ursprünglich die Böden der Fruchtwässer, der Ozeane. Jetzt wurden sie wieder ihrer eigentlichen Bestimmung zugeführt.«

»Welche Wirkung hat der Tungus-Meteor auf diesen unglücklichen Stern ausgeübt, oder welche Wirkung übt er immer noch aus?« fragte Amrita, während sie wie gebannt die auf die Wände projizierten farbigen 3D-Breitwandbilder betrachtete. »Soviel ich weiß, war es ein sehr rätselhaftes Ereignis. Der Meteor hat eine riesige Schlucht gegraben und auf einer Strecke von vielen hundert Kilometern jegliche Vegetation wegrasiert. In dem öden, wüsten Land ist seitdem weder pflanzliches noch tierisches Leben entstanden. Von dem Meteor aber, der diese unglaubliche Tragödie verursacht hat, haben die Forscher kein Staubkörnchen gefunden. Warum nicht, Tilla?«

»Der Mensch, der mit rationalen Mitteln operiert, konnte damals und kann auch heute das Geheimnis des Meteors nicht lösen. Herkunft und Zweck des Tungus-Meteors wurzeln — wie die Ursache aller materiellen Erscheinungen — in den Kraftfeldern unsichtbarer Ebenen.«

»Worin liegt dieses Geheimnis?«

»Auch im Universum, im Megakosmos wimmelt es von Lebenskeimen«, erklärte Tilla leise. »Es gibt keinen leeren Raum. Das Leben ist nicht auf Terra entstanden. Als man im alten Ägypten den Mysten in das letzte Geheimnis einweihte, flüsterte ihm der Hohepriester Pharao ins Ohr: ›Osiris und Seth, die Finsternis, sind Zwillingsbrüder. Überall, wo das Licht erscheint, taucht auch der Schatten auf.‹ So geschehen auf den übrigen Planeten dieses kleinen Sonnensystems Solaria. Die Erde ist der letzte Planet, wo es noch Leben gibt, das sich zu Licht destillieren läßt. Doch da die Kräfte des Lichts die Finsternis durch den Menschen bekämpfen müssen, ist der nervendurchwobene Körper der zur Materie verdichteten Lebewesen das Schlachtfeld dieses Krieges, der seit der Unendlichkeit der kosmischen Zeit andauert. Nicht nur die Vulkanausbrüche des Hasses, der Aggression, die Angriffe der immer häufigeren, gewaltigeren Sonneneruptionen, die auf die Erde niederprasseln, ihre Reize, ihre die Materie und lebendige Körper provozierende, zerstörende Wirkung, das Trommelfeuer magnetischer Gewitter, alle jene Krankheiten, die in Nervenbahnen und Säften Kurzschlüsse verursachen, die seltsamen Planetenkonstellationen, das Aufpeitschen der Drüsen, das Wuchern von Epidemien, die Besatzungstruppen unbekannter Viren sind Waffen der Finsternis, sondern auch die rastlose Aktivität der ›unsichtbaren Schatten‹ über die Emotionen der Menschen, die, von Schatten verfolgt, zu Giften Zuflucht nehmen, die sie langsam, aber sicher vernichten. Sie töten und werden getötet in ihrer wahnsinnigen Besessenheit, doch dieses Fieber hat schließlich eine heilende Wirkung. Allerdings erst nach sehr langer Zeit und zu einem enormen, entsetzlichen Preis. Der Erdenplanet ist jetzt schwerkrank, von Krebs befallen. Kobaltkanonen,

Chemotherapien können ihr nicht helfen — nur jenes Vakzin, welches das Arkanum des Lichts aus der Finsternis selbst extrahiert. Die Möglichkeiten der Tiefe, des Sturzes, des Niedergangs sind beschränkt. Die bis zum letzten degenerierenden Kataklysmen richten sich selbst. Scheiterhaufen, rote Magmafluten, Leidenschaften und Leiden sind Purgatorien, die das Opus des Lichts vorbereiten.«

»Hier auf diesem Planeten, obwohl die schwarzen Polypenarme der Tiefe mit ihren freßgierigen Tentakeln rapide auch hier heraufklettern?«

»Trotzdem, und eben deswegen. Wenn du an irgendeine Art ›Weltuntergang‹ denkst, dann irrst du. Terra und das auf ihr entstandene Leben werden nicht vernichtet. Das Leben zieht sich nur zurück, um zu essenzieren. Alles, was seit dem Niedergang des Tungus-Meteors geschah, war ein gewaltsames Eindringen, welches die unausweichliche Krise beschleunigte. *Aber es gibt keine gute Gewalt.* Diese kosmische Bombe der Finsternis hat jene Prozesse nur beschleunigt, welche die übrigen Planeten von Solaria in öde Wüsten ohne Atmosphäre und Magnetsphären verwandelten. Hier aber werden wir sie aufhalten.«

»Wen?«

»Die Schatten, die Gespenster der Sternenfriedhöfe, der Schwarzen Löcher, in denen die Vorstellungen der großen Nacht in dunkle, zerstörerische Ideen geronnen sind. Sie sind die Thromben des Kosmos, die Krankheitsknoten, welche das Kreisen des Lichts hemmen und die Keime ihrer luziferischen Herkunft gefangengenommen und in sich eingekerkert haben, die Virusherde des Hasses und des Todes. Aus ihr schwärmen die Todesvorstellungen der Hölle und der Angst, die Fieber infizierender Leidenschaften aus, die fixen Ideen des Wahnsinns, die Gifte und Erregungen entsetzlicher Wollust und Perversion, durch welche die Materie zerfällt, die Rituale fanatischer Sekten, die sich gegenseitig bekämpfen. Doch mit diesen Wirkungen läßt sich nur die Masse beeinflussen, nicht aber das außergewöhnliche menschliche Bewußtsein.«

»Solche gibt es nur wenige unter den Menschenzellen, die sich bei dieser Bevölkerungsexplosion in unheimlichem Maße vermehren. Wer und was kann von dieser in höchste Gefahr geratenen Lebensform übrigbleiben?« brach es aus Amrita heraus.

»Wir. Und einige Schüler von Professor Végár. Auf der Erde gibt es noch einige kleinere und größere Gruppen, die uns ähnlich sind. Wir wissen voneinander. Wir führen das Opus gemeinsam durch.«

»Wohin können wir vor der Universalkatastrophe fliehen, wo gibt es noch Zuflucht für Sterbliche, selbst dann, wenn ihr Bewußtsein außerordentlich, ihr Gehirn eine verzweigte, geniale Dimensionsmaschine ist?«

»Die Zufluchtsstätte wird bereitstehen, wenn die Zeit gekommen ist.«

Amrita starrte Tilla verwirrt an.

»Der Gedanke läßt mich nicht ruhen, daß außer uns alle anderen ... Und Bettina?«

»Sie und die anderen leben unter anderen Raum-Zeit-Gesetzen zwischen den Gittern ihres verengten Bewußtseins, die nichts weiter sind als Illusion. In Wirklichkeit gibt es sie nicht. Auch in ihnen glüht der Funke der Unsterblichkeit, der im späteren Abschnitt der Entwicklung zum Pharus entflammt. Wir machen ihnen das Unvermeidliche leichter und können abwarten, bis sich die Krise legt, die Katharsis, die Auferstehung einer neuen Lebensform aus der vulkanischen Asche, aus der Sintflut, die allmähliche Reinigung der Ozeane, Flüsse und Seen auf einer vollkommen umdekorierten Welt namens Terra.«

»Was verstehst du unter ›umdekoriert‹?«

»Die Kontinente sind dauernd in Bewegung, versinken, beben, türmen sich zu Bergen, zerreißen zu Inseln, werden fruchtbar, ihr Klima verändert sich. Auf dem auseinanderdriftenden Festland wuchert eine andere Art Leben hoch. Eisbedeckte Gebiete werden zu Tropen, tropische Zonen von Eis überkrustet, das die pflanzlichen und tierischen Fossilien vergangener Jahrmillionen in sich einfriert. Dies geschieht nicht zum ersten Mal. Die von innen trommelnden Emotionen unseres Planeten beruhigen sich. Die Atmosphäre wird dünner.«

»Wodurch?«

»Aus Terras Materie wird schwere, feurige Schlacke herausgerissen. Die Gravitation nimmt ab, wird zur Bedingung leichterer Lebewesen. Anstelle der früheren, kompakten Menschenrasse kommen auf dem heute für uns noch unsichtbaren Zwillingsplaneten unserer Erde jene Besucher, die schwebend leicht, durchscheinend, strahlend sind und sich erinnern können.«

»Woran?«

»Daran, daß ihr Leben ewig ist. So wie auch du dich daran erinnerst.«

»Aber was haben wir nun eigentlich hier zu tun? Weih mich endlich ein, damit ich weiß, du und ich ...«

»Wir sind diejenigen, die das Goldene Zeitalter vorbereiten, Amrita, das aus dem Kataklysmus extrahierte Vakzin, die Ärzte der Seele, die den Menschen von allen Krankheiten der Materie heilen. Frag nicht weiter. Sei still. Sei aufmerksam ... und *erinnere dich!*«

8.

Die Götter der Finsternis

Ihre Zufluchtsstätte wurde mit der Zeit immer voller. Massenweise tauchten neue Menschen, neue Gesichter auf: Unternehmer, zweifelhafte Gruppen, Wohlsituierte, Betrüger, Mäzene, die ihre Winkelgeschäfte mit Bluffs tarnten, Religionsstifter, die die Angst der Gutgläubigen und ihre Lebensunsicherheit mit Losungsworten und grundlosen Versprechungen brandschatzten, Scharlatane, die tragikomische Rituale zelebrierten, zweifelhafte Existenzen, Erpresser, die mit Weissagungen und dodonäischen Drohungen operierten — dieses ganze Volk drängte in die nunmehr ungeschützte Klausur der Hochebene. Selbst bei Tage war es gefährlich, zu Fuß durch die Straßen und über die Plätze zu gehen, doch auch die Fahrzeuge wurden geplündert. Für die Wohlhabenden wurde der Verkehr von den Dächern der Villen und Häuser aus per Hubschrauber abgewickelt.

Bettina Orlandinos Konzerte, Opernauftritte, Filme und Fernsehserien wurden nach wie vor ausgestrahlt, ihre Videokassetten und Schallplatten zum Kauf angeboten, wo es nur ging. Doch der Schutzring um die in Bergeshöhen flüchtende Siedlung wurde immer lockerer, immer wirkungsloser unter dem gewaltigen Druck, den die Millionen von verzweifelten Menschen, die unter dem Lebensminimum vegetierten, im Elend lebten und hungerten, auf diesen Schutzwall ausübten. Immer mehr von ihnen gelangten in den Besitz von Waffen und Drogen, und der an Wahnsinn grenzende Haß der berauschten, alkoholisierten, fanatischen Terroristen auf die Privilegierten machte sich in schlau eingefädelten, ungehindert durchgeführten Attentaten Luft, die selbst die kühnste Phantasie und den entsetzlichsten Horrortraum überstiegen — Attentate, die sich immer öfter durch selbstmörderisches Kamikaze auszeichneten, wobei die Attentäter bereit waren, selbst den eigenen Leib ihrer sinnlosen Zerstörungswut zu opfern.

Gleich den anderen ›geschützten‹ Zeitgenossen lebte auch Bettina in Todesangst vor jenen Ereignissen auf der Erde, die bruchstückweise in ihr Bewußtsein drangen. Ihr Nervensystem, ihre Drüsen signalisierten auch die Gefahr ihres Alters. Ihre Liebesaffären wurden immer mehr zu verzweifelter Anhänglichkeit, zu festklammernder, besitzergreifender, eifersüchtiger Hysterie. Ihre Partner wurden immer jünger und nutzten ihren Zustand mit der unbarmherzigen, gierigen Schläue der smarten Gigolos weidlich aus. Sie wurde bestohlen und erpreßt, ihre Liebesbriefe an schmutzige Klatschblätter verkauft. Was die Tochter anging, so vergötterte sie sie nach wie vor, doch war sie Tilla manchmal lästig mit ihren verworrenen Affären, ihren Rendezvous, die oft in einem Skandal endeten, und mit den Partys, die sie auf Wunsch ihrer jungen Liebhaber zu geben pflegte.

Tilla und Amrita zogen auf Empfehlung von Professor Végár in eine der Dienstwohnungen des Forschungsinstituts um. Nur die Augen des hochgewachsenen, hageren alten Herrn mit dem gebeugten Rücken waren scharf und forschend. Wenn er etwas beobachtete, schoß eine stechende Flamme aus ihnen hervor wie bei Katzen, die im Dunklen jagen. Auf seiner gewölbten Stirn lagen strenge Falten. Seine Nase war groß, mit empfindlichen Nasenflügeln, sein starkes Kinn mit der Mittelspalte verriet seine Willenskraft und den Umstand, daß er ein vorzüglicher Redner war — eine außerordentliche, alterslose, äußerst suggestive Persönlichkeit, deren Zauber sich niemand entziehen konnte. Tillas Fähigkeiten, ihre Wichtigkeit hatte er sofort gespürt, in den Blitzen seiner ›überzähligen‹ Ganglien dämmerte oft der Gedanke, daß dieses wunderschöne junge Mädchen irgendwie ›älter‹ sei als er. Doch er konnte diese seltsame Intuition nicht beim Namen nennen. Seine Anhänglichkeit war nicht die eines Vaters oder eines Verliebten, sondern die des gelehrten Forschers, der in ihr und damit auch in Amrita eine vorzügliche Gefährtin gefunden hatte.

»Dies ist eine uralte Beziehung, obwohl sie in ihm nur wie eine Ahnung lebt«, sagte Tilla zu Amrita, als diese das seltsame Verhalten des sonst mehr als zurückhaltenden, strengen Professors ihnen gegenüber erwähnte — eine Verhaltensweise, die jedem merkwürdig vorkommen mußte. »Wer sonst hätte unser Verbündeter sein sollen, auch wenn er sich selbst noch nicht darüber im klaren ist, warum er ausgerechnet an uns hängt?«

»Und warum, Tilla?«

»Weil er sich jenseits aller rationalen Zweifel sicher ist, daß wir einander brauchen werden, früher, als man denkt.«

Bei Bettina hielt nur ihre Zofe aus, die sich an die Launen ihrer Herrin gewöhnt hatte. Sie schaute huldigend zu ihr auf, wie zu einer Göttin, schwärmte für sie, pflegte sie und legte sie trocken wie ein Baby. Sie hörte nichts, sie sah nichts, sie schwieg in ihrer grenzenlosen Ergebenheit, war aber stets zur Hand, wenn sie spürte, daß sie etwas für Bettina tun mußte. Tilla beschützte die Mutter aus der Ferne, achtete auf ihre Schönheit und darauf, daß sie keinen fatalen Irrsinn beging, der ihr Leben bedrohte. Denn Bettina beschwor im Trommelfeuer ihrer gärenden Drüsen, ihrer erogenen Zonen immer größere Gefahren auf sich herab. Rachegelüste enttäuschter Liebhaber bedrohten sie, oder sie selbst ließ diejenigen nicht in Ruhe, die sie verlassen hatten. Krankheitssymptome ergriffen Besitz von ihr. Sie begann mit krankhafter Konzentration ihren Körper, ihr Gesicht, ihre Haut, ihren Stoffwechsel zu beobachten. Allergische Ausschläge bedeckten ihren Körper. Sie drohte in der Sintflut ihrer Säfte zu ertrinken, die Augen tränten, aus ihrer Nase trat ein unstillbarer Strom von Nässe, die Hände zitterten ihr.

Vergebens stopfte sie die doppelte Menge Schlafmittel in sich hinein, um ihre Schlaflosigkeit zu bekämpfen — und fuhr dennoch hellwach aus alptraumartigen Phantasien hoch. Sie wälzte sich im Bett, versuchte zu lesen, dann legte sie sich in die Badewanne, um wieder in die Falle entsetzlicher Bilder zu stürzen, aus der man sie am Morgen wachrütteln mußte. Unter der Wirkung der verschiedenen, zahlreichen Beruhigungsmittel, die sie schluckte, torkelte sie den ganzen Tag wie benebelt umher. Im ausgekühlten Badewasser holte sie sich eine Erkältung, wurde heiser und schluchzte stundenlang in der Meinung, ihre Stimme vollkommen verloren zu haben. Sie produzierte hohes Fieber, wurde vergeßlich, die Gegenstände glitten ihr aus der Hand. Nun war sie ohnehin abergläubisch, jetzt aber beschwor sie den Gegenstand ihrer Beklemmungen und Ängste geradezu mit Absicht herauf, die als krallige, unsichtbare Fühler aus ihrer Triebwelt ragten und genau das taten, wovor sie sich am meisten fürchtete. Ihr großer Spiegel zerbarst mit einem Knall. Bilder fielen in ihrer Nähe von der Wand. Die Briefe und Plastikbeutel im Papierkorb fingen Feuer, weil sie eine Feuerphobie hatte. Die Feuerwehr konnte die hochschlagenden Flammen kaum bändigen. Ihre liebsten Zierpflanzen in den engen Blumentöpfen ließen Stengel und Blätter ohnmächtig hängen. Als Bettina sie gießen wollte, glaubte sie, ihre Schreie zu hören. Aus ihrem herrlichen Gebiß fielen die Zähne der Reihe nach aus, das Zahnfleisch, der Gaumen wichen zurück.

»Es sind die Wechseljahre«, sagte Tilla zu Amrita. »Ich werde sie behandeln.«

»Sie vertraut nur den Ärzten!« entfuhr es Amrita. Dann schaute sie der lächelnden Tilla in die Augen und mußte selbst lachen. »Immer noch falle ich in die Unwissenheit meiner Illusionswelt zurück. Freilich wirst du sie behandeln. Und sie wird es gar nicht merken.«

Bettinas Zustand begann sich tatsächlich zu bessern. Ihre allergischen Symptome verschwanden, ihre Heiserkeit verging. Sie konzentrierte sich erneut auf ihre Rollen, machte Yogaübungen, ihr Selbstvertrauen kehrte zurück. Sie hatte es gelernt, sich zu lockern. Ein Hindu-Guru besuchte sie, auf den sie hörte. Jeden Tag verbrachte sie bis zu zehn Minuten in ›Leichenposition‹ und brachte in sich die innere Stille der völligen Leere zustande.

»Ich hätte nie geglaubt, daß diese Dinge, die deinem Vater soviel bedeuteten, auch ich einmal üben würde«, gestand sie Tilla und Amrita, die zu Besuch kamen. Neuerdings suchte sie wieder ihre Gesellschaft. »Nur eure Anwesenheit kann mich richtig beruhigen. Wenn ich darüber meditierte, muß ich einfach dahinterkommen, daß ich selbst in dieser agonisierenden Welt tatsächlich froh und glücklich bin.«

»Das bist du, Mutter!« Tilla legte die Hand auf Bettinas Hände. »Und geschützt! Die Attacken der relativen Zeit können bei dir keinen Schaden anrichten. Du wirst schön, jung und erfolgreich bleiben.«

»Du machst nur Spaß, nicht wahr?«

»Du fühlst, daß es kein Spaß ist. Jeder Morgen sieht dich wie neugeboren auferstehen.«

»Die Jahre vergehen, Tilla.« Ein Schatten der Beklemmung fiel auf Bettinas Gesicht. »Der Mensch ist sterblich. Am Ende wird er gnadenlos von Chronos verschlungen. Dagegen gibt es kein Elixier.«

»Wirklich nicht?«

»Glaubst *du* daran?«

»Ich beschäftige mich auch mit Molekularbiologie, kenne ihre revolutionären, großartigen Ergebnisse. Ich glaube nicht, ich weiß es, daß gegen das Altern bereits erfolgreich gekämpft wird.«

Bettina war auf einmal wie elektrisiert.

»Es wäre ein wahres Wunder, wenn ...«

»Das Wunder ist der Normalzustand unseres Lebens, Mutter.«

»Seid ihr wirklich schon auf der Spur? Habt ihr ein Arkanum gegen dieses elende, demütigende Attentat, das die Schönheit zu greisenhafter Häßlichkeit verwüstet?«

»Wir haben eins gefunden.«

»Mein liebes Töchterlein! Ich weiß, du willst mich trösten. Aber ich will dir glauben! Ich weiß, daß du mich liebhast, und auch ich habe dich lieb. Es wäre gut, wenn ...«

»Es gibt kein ›Wenn‹, Mutter! Du bekommst ein echtes Arkanum von mir. Ich habe es selbst für dich zubereitet. Die alten Alchimisten haben dieses adernfegende, verjüngende, erfrischende Getränk, das alle Schatten, alle Schäden aus dir hinausspült, ›Trinkbares Gold‹ genannt.«

»Gibt es so etwas wirklich?« Bettina war plötzlich voller Aufregung und Unsicherheit zugleich. »Das sagst du nicht nur, um ...«

»So etwas gibt es. Aber nur für dich.« Tilla holte aus ihrer Tasche einen Kristallflakon mit zahlreichen Facetten und trat an den Barschrank. In einer der Flaschen schimmerte ein dickflüssiger, tiefroter, alter Wein, von dem Bettina zu trinken pflegte, wenn ihre Stimmung auf den Nullpunkt gesunken war.

Tilla ließ aus dem Kristallflakon ein paar rubinglänzende Tropfen fallen, goß einen Fingerbreit vom edlen Rotwein dazu, der zu moussieren, zu strudeln begann. Amrita kam es vor, als sprühe das Getränk Funken.

»Trink das!« bat Tilla und reichte Bettina das ›brennende Getränk‹. »Trink langsam, in kleinen Schlucken. Bevor du es schluckst, beweg es im Mund und denk an etwas Gutes und Schönes. An schneeweiße Wolken am tiefblauen Himmel. An einen schäumenden Bach, der im Licht glänzt und singt. An eine alte Eiche, in der verborgenes Leben wimmelt und wieselt, ihr Laub deckt dich zu, dann wirst du eins mit ihr. Du selbst bist dieser uralte Baum des Lebens. Seit Jahrtausenden verfolgst du die wechselvollen Ereignisse. Du wirst in ihm erfrischt, neu geboren. Du ruhst dich aus, schöpfst durch deine Wurzeln aus dem Boden unvergängliche Kräfte. Du bist geschützt. Du bist glücklich. Du bist der uralte und ewig junge, zeitlose Tempel der Natur. So.«

»Das ... das war wundervoll«, sagte Bettina, tief Atem holend. Sie schlug die Augen auf und richtete den Blick auf Tilla. »Ich habe all das gesehen ... durchlebt ... gehört, gespürt, was du gesagt hast ... Luftströme, die nach Ozon dufteten, haben mich gestreichelt ... Im kristallenen Wasser des Baches lächelten mir bunte Kieselsteine zu ... Seine aufschäumenden Wellen spülten mich durch ... Und der Lebensbaum ... der lebendige Tempel war ich! ... Ich bringe es nicht fertig, nicht daran zu glauben! ... Der Strom dieses Getränks ... dieses Elixiers kreist in meinen Adern, als hätte sich das Blut in ihnen zu Licht verwandelt ... Solche Heiterkeit habe ich noch nie geschmeckt ... Ich bin leicht geworden. Schwerelos. Ich fühle ... ich fühle, jetzt muß ich singen.«

»Du mußt singen.«

Bettina eilte ins Musikzimmer, setzte sich an den Flügel, und ihre silbernen Triller flogen auf. Es war eine unbekannte Melodie, eine Improvisation, die nach oben flatterte, jubilierte, ein Dankgebet an unsichtbare, heilende Kräfte.

»Hast du ihr tatsächlich ein Elixier gegeben?« fragte Amrita unter dem Zeltdach der raumfüllenden Töne.

»In gewissem Sinne ja. Doch meine Essenz bedeutete nicht das ewige Leben des Leibes, sondern das Hinausspülen der Schatten, der Schäden, der Ablagerungen aus den Adern, die Erneuerung der Nervenbahnen. Die Ganglien des Gehirns werden mit neuer Kraft aufgetankt, das Eindringen von Depressionen in die Vorstellungswelt wird verhindert. Die Wirkung dieser Essenz ist aber nur vorübergehend, weil sie nicht vom Organismus erzeugt wurde, sondern eine Art Darlehen darstellt. Doch selbst in dieser Form kann man sie nur wenigen Menschen verabreichen, in denen sie nicht zum Gift wird, weil die Essenz, mit den Absonderungen eines schlechten Charakters vermischt, zu Verwirrung und Wahnsinn führt und das Subjekt selbstgefährlich und gemeingefährlich wird. Bettina habe ich vorher purgiert. Die Zusammensetzung der Essenz könnte ich auf keine Weise öffentlich bekanntgeben, weil sie nicht physischen Ursprungs ist. Ohne die Invokation, die Beschwörung reiner, astropsychologischer Elemente, geistiger Strahlungen, ist sie völlig wirkungslos.«

Ihr Privatleben wurde friedlicher, doch die Krisenherde der Erde nahmen zu. Seltsame Sekten schossen inmitten der rebellierenden Massen, die sich vor der Vergangenheit und Zukunft fürchteten, wie Pilze aus dem Boden, ein Umstand, der auch Tilla ernst und nachdenklich stimmte. Und dies ausgerechnet in ihrer Nähe. Dieser Prozeß war bereits früher in Gang gesetzt worden. Neben den atavistischen Religionskriegen, dem Rassenhaß, den fanatischen Ideologien, den von Aufputschmitteln gepeitschten anarchistischen Terrororganisationen schlich sich die auseinanderlaufende, blutige Ätzlauge schwarzer Voodoo-Riten viperngleich in arglose Gemeinschaften und Familien ein. Unter diesen Sekten hob sich eine hervor, die ihre unheimlichen Irrlehren mit lähmender Suggestion in die Seelen einbrannte, die unter Angstneurosen und haltloser Zerrissenheit litten und für Scharlatanerien, Mystifikationen, für Versprechungen, für jede Art faszinierenden Humbugs aufgeschlossen waren. Geheimnisse, rätselhafte Mythen umgaben sie, doch niemand wußte über ihre Herkunft etwas Gewisses. Angeblich waren sie irgendwo aus Afrika gekommen. Ihre Haut war zweifellos kohlrabenschwarz und glänzend, ihre Zähne blendendweiß. Sie trugen seltsame Kostüme und einen Kopfputz aus bunten Federn. Ihre zwei Meter großen, dünnen Gestalten ragten aus der Menge. Auch ihre Ankunft, ihre Niederlassung waren ungewöhnlich, von Geheimniskrämerei umgeben, nach Meinung vieler ein Reklamebluff, verbreiteten sich aber in jeder Beziehung wie ein wirksamer Strom unter den Menschen. Zunächst ließen sie sich nicht sehen. Ihr ›Tempel‹, der auch als Wohnung diente, wurde von kleinen, fast zwergenhaften Negern erbaut, die gehetzt und unheimlich schnell arbeiteten, wie eine wimmelnde Ameisenschar. Der an keinen bekannten Stil erinnernde Bau, aus Ebenen aufgeschichtet, die nach oben immer breiter wurden, bestand aus Ebenholz, das mit ebenholzschwarzen, ineinanderverschlungenen Schlangen äußerst künstlerisch geschmückt war. Der hochaufgerichtete, spitze Kopf dieser Schlangen mit der gespaltenen Zunge sprang mit glitzernden Rubinaugen an der Ecke des Gebäudes hervor. Es war ein wunderschöner, unheimlicher Anblick, der die Neugier anstachelte, weil seine Formen, seine Geschlossenheit Erregung, aber auch Angst hervorriefen. ›Die Magier der Nacht‹, ein Name, der sich unter der Menge verbreitete, zogen bei Nacht in mondloser, nebelhafter Dämmerung in ihr Hauptquartier ein. Keiner schlief in dieser Nacht, man lauschte und wartete. Alsbald woben sich tiefe Resonanztöne in die Dunkelheit, wahrscheinlich ein Zupfinstrument mit Verstärker, da die Töne auch durch das geschlossene Fenster drangen, die Scheiben erklirrten, das Geschirr zu tanzen begann und klirrend zusammenstieß, als versuche es zitternd, seinen Standort fluchtartig zu verlassen. Dieser abstoßende und zugleich anziehende Singsang dauerte eine ganze Weile, dann gesellte sich eine sehr tiefe, samtene Männerstimme hinzu: »Kommt! Kommt, unsere Freunde! Wir grüßen euch alle! Wir sind angekommen! Ihr habt uns gerufen, habt uns erwartet! Die Tore der samtenen Nacht stehen offen! Kommt!«

Die Menschen aber setzten sich in Bewegung, als hätte man ihnen eine unsichtbare Schlinge umgeworfen, widerstrebend, dennoch zwanghaft, von einer geheimnisvollen, magnetischen Anziehung gefangen, schaudernd, mit namenloser Hoffnung, mit widersprüchlichen Impulsen, in denen sich die Angst mit betäubendem Rausch mischte.

Im Gebäude selbst, das innen noch geräumiger zu sein schien, umbrodelten sie eine schwindelerregende Atmosphäre und der Duft unbekannten Räucherwerks. Die Wände waren mit schwarz-tiefrot gemusterten Teppichen bedeckt. Über einen solchen dicken, weichen, elastischen Teppich schritten sie dahin, als würden sie nicht auf dem Boden, sondern lautlos über ihm mit schwerelosem Körper schweben. Der ›Altar‹ war ein gewaltiger, schwarzschimmernder Steinwürfel. »Sieht aus wie die Kaaba«, bemerkten einige. Von diesem heiligen

Stein der muslimischen Pilger behaupteten die Forscher, er sei wahrhaftig ›vom Himmel gefallen‹. Dabei war es in Wirklichkeit ein Meteor. Der Stein war in einiger Entfernung von weichen, schwarzen Kissen umgeben. In einer Ecke hockten kaum sichtbare Musiker, die auf seltsam geformten Instrumenten spielten. Ohne jede Lichtquelle, wurde der Raum von einer blassen Dämmerung durchwoben, an die sich das Auge allmählich gewöhnte, bis es die Umrisse der ›Magier der Nacht‹ wahrnahm, deren ungewöhnlich schlanke, magere, muskulöse Gestalten an der Seite des Steinkubus aufragten und die mit ihrem Kopfputz, der, gorgonenartig verzweigt, aus schwarzen Schlangenleibern geflochten war, überlebensgroß erschienen. Von der Schulter fiel ihnen ein gefältelter schwarzer Umhang bis zu den Fesseln, der, wie von einem seltsamen Wind bewegt, Wellen zu schlagen schien, sich aufblähte und flatterte wie die Flügel einer Fledermaus. Über den Umhang fiel aber nicht wolliges Kraushaar, sondern eine dichte, lange Mähne auf die Schultern der Magier. Die Saiten- und Blasinstrumente des Orchesters spielten eine nervenzerrende, beunruhigende Melodie, die manchmal von artikuliertem, gutturalem Gesang begleitet wurde. Diese Silben hörten sich eher wie Wehlaute, dünne Rufe oder Lustschreie an.

Die Besucher setzten sich wortlos auf die Kissen, die Beine unter sich gezogen, als gehorchten sie einem Befehl. Die Musik wurde leiser, die aufregende Trommelbegleitung setzte aus. Das Lied, das mehrere Oktaven umfaßte und dem ein fremdsprachiger Text unterlegt war, wurde zu einer leisen, ermunternden, zärtlichen Melodie, zu einem beruhigenden Streicheln, dann verstummte sie ganz. Den Zuhörern graute davor, ihr Körper war vor gespannter Erwartung von einer Gänsehaut bedeckt.

Als dann die ›Magier‹ wie ein antiker Chor, mit tiefer,

klingender Stimme oder im Diskant zu sprechen begannen, eine einsame Männerstimme als Begleitung, ergab dies ein vollkommen instrumentiertes Opus, einen suggestiven Rhythmus, einen ständig wiederholten Text in einer jedem verständlichen Sprache — und dennoch unverständlich. Bei diesem Strom, der in ihr Wesen eindrang und ihnen die Sinne raubte, achteten sie kaum auf den Inhalt des Textes. Nur hier und da fiel ein Wort in ihr Hirn, stürzte in ihr Unbewußtes wie eine sengende Flamme. Sie kannten es, aber sie glaubten, das Wort in seiner vielschichtigen Bedeutung zum ersten Mal zu vernehmen. Man konnte die Züge der Vortragenden deutlich erkennen, die in keiner Weise negroid waren. Die bizarre Schönheit ihrer schmalen, schräggeschnittenen Augen, ihrer hochgewölbten Brauen, der feinen Nase, des wohlgeformten Mundes war verblüffend und stach mit lustvollem Schmerz in die erogenen Zonen. Ihre biegsamen Finger waren spinnenartig lang, und sie begleiteten ihre Worte mit seltsamen, artistischen Bewegungen. Sicher handelte es sich um die Symbole ihres Ritus, und sie wirkten auch aus der Ferne so, als würden sie die Nerven gleich Flaumfedern berühren.

»Euer ist das Mantra!« erklang das biegsame, tiefe Leitmotiv, die anderen aber wiederholten den Satz, in höheren oder tieferen Lagen summend:

»Euer ist das Mantra!«

»Beschwört mit ihm die unendliche Lust, die den Tod umarmt«, wiederholte der Chor.

»Die Lust und der Tod sind Zwillinge. Flüchtet in den tödlichen Rausch aus verblendendem Glauben! Die Pein ist Glück. Das kochende Blut, das vergossene Blut ist das Elixier der Nacht. Wer tötet, ist ein Erlöser. Wer getötet wird, der wird in der unlöschbaren Ekstase des Orgasmus im nie vergehenden, ewigen Augenblick auferstehen. Das Mantra erlöst von der Angst. Ihr habt keine Zukunft! Mit der Erde ist es aus! Was ist besser: an giftigen Dämpfen ersticken, in der Sintflut untergehen, in den Abgrund stürzen, bei lebendigem Leib vor Hunger verrotten oder im grenzenlosen Ozean der Freude zu schweben, in einem einzigen Lustschrei verglühen, die Hymne des Blutes schmetternd, von Blut und Lust berauscht in der samtenen Dunkelheit versinken? Euer ist das Mantra! Beschwöret mit ihm! Beschwört mit ihm! Nicht das Schicksal soll euch richten! Das Urteil über euch ist schon gesprochen. Richtet das Schicksal hin! Urteilt! Handelt! Euer ist das Mantra!«

»Handelt! Euer ist das Mantra!« tönte der Chor.

Unter der Knute dieser entsetzlichen Worte waren die Menschen wie gelähmt. Sie ruckten, zuckten und bebten. Und ohne es zu merken, sprachen sie dem Chor nach, wiederholten mit ihm die schwarzen Sprüche, die nichts mit ihrer Vernunft zu tun hatten, nur ihre Gefühlswelt in Brand setzten, jagten, aufputschten, vergifteten.

Wieder erklang die Musik. ›Die Magier der Nacht‹ begannen zu tanzen. Sie wogten und bogen sich gleichzeitig, dann sprangen sie aus dem Stand drei, vier Meter hoch wie Antilopen. Langsam, leicht und lautlos ließen sie sich dann auf dem Teppich nieder, als wären sie wirklich auf den Flügeln der emporkletternden, beunruhigenden Melodie geflogen. Ihre faszinierten Zuhörer saßen auf den Kissen, ihr Oberkörper pendelte im Rhythmus des Tanzes hin und her. Der Rhythmus der Trommel hämmerte in ihrem Gehirn. Ihre hocherhobenen Arme schwankten wie Äste im Wind hin und her. In der Bewegung der Magier lag irgendeine urtierartige, wilde Schönheit. Die Luft war dick, und die Zuschauer atmeten sie keuchend immer tiefer ein. Die glänzenden, dunklen Gesichter, die Gestalten zeichneten sich im Trancezustand immer schärfer ab. Die Zuschauer aber wurden in ihren Visionen, ihren Bindungen, die in ihre Sinne schnitten, allmählich willenlos. Sie waren in Schweiß gebadet, doch sie merkten es nicht. Aus ihren Augen flossen Tränen, aber sie lachten, kreischten und stotterten: »Dies! Dies! So! Immer! Nur dies!« Sie merkten es nicht. Sie waren im Netz der Magier gefangen. Sie erwachten erst aus ihren Träumen, die sie mit offenen Augen geträumt hatten, als die Musik schwieg, die Gestalten verschwanden, als hätte sie der tiefschwarze Würfel aufgesogen, und ein kalter, nächtlicher Luftzug durch den Saal wehte. Das Tor öffnete sich. Sie konnten gehen. Und sie drängten auch nach draußen, taumelnd, gruselnd, torkelnd, nicht wissend, daß der Haken eines unsichtbaren Fadens sich in ihre Seele, in ihre Vorstellung gesenkt hatte. Sie waren gefangen. Und immer mehr Menschen gesellten sich zu ihnen. Die Zeremonien wurden nur bei Dunkelheit zelebriert, und sie zogen sich bis tief in die Nacht. Tagsüber lag der Tempel wie ausgestorben und stumm. Journalisten und Fotografen konnten nicht zu den Magiern vordringen.

Doch sobald die Dunkelheit herabsank, öffneten sich die beiden Flügel des mit großen, schwarzen, sich windenden Schlangen geschmückten Tores, um sich wieder zu schließen, sobald der Raum bis zum letzten Platz besetzt war.

Die Zeitungen berichteten seitenlang über die Magier. Das Fernsehen zeigte den Tempel von außen. Abends wurde eine gewaltige Scheinwerferkette auf die herbeiströmende Menge gerichtet, doch das Tor öffnete sich nicht, solange das gleißende Licht darauf fiel. Dann geschah etwas, das die verständnislose Neugier in entsetztes Staunen verwandelte. Die mit vollkommenster Technik konstruierten Scheinwerfer explodierten, von Kurzschlüssen zerschmettert, wurden zu Wracks, während sie Glas- und Metallsplitter verstreuten und diejenigen verletzten, die in unmittelbarer Nähe standen. Die Kameras stürzten mitsamt den Kameramännern um. Auch die Reporter wurden schwer verletzt. Die entschlossenen, aufdringlichen, zähen Journalisten begannen die Gläubigen, die im Tempel gewesen waren, mit Fragen zu bombardieren, doch diese wollten oder konnten nicht antworten. Sie schüttelten den Kopf oder sprachen gelegentlich mit verlorenem Blick ein abweisendes Wort, als wollten sie sich mit Gewalt an etwas erinnern, das sich vor den Fühlern ihres Verstandes versteckt hatte. »Es war wundervoll«, sagte der eine oder andere. »Lassen Sie mich! Lassen Sie sie in Frieden! Sie tun keinem etwas zuleide.«

Auch die Behörden wurden bestürmt: Wer sind diese Leute? Woher sind sie gekommen? Haben sie eine Aufenthaltsgenehmigung? Ist es zulässig, daß sie in der Siedlung solch krankhafte, sich steigernde Massenhysterie hervorrufen?

Beim amtlichen Forum waren ihre Genehmigungen in Ordnung. Sie verfügten über unbeschränkte finanzielle Mittel. Sie störten die allgemeine Sicherheit nicht. Ihre Verschlossenheit war Privatsache. Sie warben ihre Gläubigen nicht mit Gewalt. Es herrschte Religionsfreiheit. Wo sie herkamen? Aus allen Teilen der Welt kamen doch Menschen verschiedener Rasse, Hautfarbe, Weltanschauung hierher, doch wurden nur diejenigen hereingelassen, die ganz bestimmten Anforderungen entsprachen. Und bei den Magiern war dies der Fall? Es war der Fall.

»Was geht hier vor sich?« fragte Amrita ihre Freundin Tilla beklommen.

»Es geschieht nicht nur hier. Sie sind in die meisten reichen Gemeinschaften der Erde eingedrungen. Sie manipulieren die verwirrten Massen, die den Boden unter den Füßen verloren haben, narkotisieren sie mit psychischen Drogen, gefährlicher als jedes herkömmliche Rauschgift, die Visionen und Halluzinationen hervorrufen, welche die schwachen Ausgelieferten in die Abgründe sinnlicher Strudel und grauenvoller Taten treiben. Sie impfen die sich Klammernden mit vernichtender Erregung, damit sie freiwillig in ihr Verderben rennen und den Wahnsinn der Vernichtung genießen. Diese dunklen Priester, diese ›Magier der Nacht‹ sind Männer. Die Mehrheit ihrer Opfer sind hysterische, unbefriedigte, klimakterische Frauen, vor der Zukunft bangende, meist süchtige Mädchen oder junge Männer, die sich vor dem Morgen fürchten und vor der Wirklichkeit fliehen. Aber die Sekten der schwarzen Schlange zelebrieren ihre giftigen Messen vergebens, bilden sich vergebens ein, daß ihre Zeit gekommen sei.«

»Ist es wirklich nur Einbildung? Die Zahl ihrer Anhänger wächst von Tag zu Tag.«

»Auch dann ist es nur Einbildung. Am Ende werden sie verlieren.«

»Wirklich? ... Entschuldige. Die Unsicherheit der beschränkten Sterblichen übermannt mich immer wieder. Dabei dürfte ich niemals vergessen, daß ... du nicht ›ganz Mensch‹ bist. Zu welcher Art gehören diese Scharlatane, die solche ›Schwarzen Messen‹ zelebrieren?«

»Es sind nicht nur Scharlatane. Sie sind viel gefährlicher und bewußter. Die Frauen eines abessinischen Stammes haben sie zur Welt gebracht. Sie haben ihnen einen Körper gegeben. Auch Marco Polo hat bereits von einem seltsamen schwarzen Stamm mit feinen Zügen berichtet. Er beschreibt sie als muskulöse, hagere Riesen, die zweieinhalb Meter und größer wurden. Sie konnten hüpfen und springen wie die Gazellen. Es gehörte zu ihren Riten, die Halsschlagader der Haustiere zu öffnen, so etwa bei Kühen, und frisches, heißes Blut daraus zu trinken, damit ihre Kräfte wuchsen. Sie brauchten diese

Gene, um ihr Ziel zu erreichen. Nach dem Niedergang des Tungus-Meteors begann ihre Einwanderung in die menschliche Lebensform. Sie traten aus dem Unsichtbaren ins Sichtbare. Dazu brauchten sie ein materielles Instrument, das heißt Körper im Schoß von Erdenfrauen.«

»War der Tungus-Meteor wirklich ein Meteor? Warum hat man dann keine Spur von ihm gefunden?«

»Er war zweifellos ein Instrument, das aus dem Kosmos kam, vielleicht könnte ich ihn als gigantischen Kugelblitz bezeichnen, doch er transportierte Entitäten — gewissermaßen als ›Raumschiff‹, das mit irdischen Maßen nicht zu ermessen ist —, deren Energiehülle zerbarst, deren Inhalt, deren Ladung unsichtbar die Atmosphäre durchwob, die Elemente aufrührte, Emotionen und selbstzerstörerische Leidenschaften aufwühlte. Der Haß wurde zum mörderischem Amoklauf gegoren, der Machttrieb zum fanatischen Blutdurst und die erfinderischen Produkte der Ratio gegen das Leben gekehrt. Nicht zum ersten und nicht zum letzten Mal. Das sind virulente Seuchen, die den ganzen Planeten umfassen.«

»Doch was wollen sie damit bezwecken?«

»Das siehst du doch. Diese Infektionskrankheit berührt nur diejenigen, bei denen die potentielle Voraussetzung der Aggression vorhanden ist. Das Individuum kann sich dem Trommelfeuer der Seelenviren dieser Massenepidemie entziehen. Ein Mensch ist unverletzlich, wenn er nicht mehr fähig ist zu verletzen, wenn seine Gefühlswelt keine Gewalt, keinen grimmigen Neid mehr produziert, weil er den anderen in sich *sieht und erkennt*. Nur der von der Massenhysterie besessene Geistesgestörte begeht Selbstverstümmelung. Erinnere dich, welches Syndrom unsinniger fixer Ideen unter der Suggestion verschiedener Parolen bei verschiedenen Nationen und Rassen ausgelöst wurde, was zunächst zum Ersten, dann zum Zweiten Weltkrieg führte, zu Revolutionen, zur Massenvernichtung, zu Attentaten, individuellen und Massen-Lustmorden, zu unstillbarer Anarchie, synchron mit dem Aufstand der Elemente.«

»Aber warum? Warum geschieht es so?«

»Denn sie sind die Krebszellen der Finsternis, die Feinde des strahlenden Daseinstages. Sie kennen seine Wichtigkeit, seine Notwendigkeit nicht, dulden es nicht. In ihnen wirkt ein dunkles, saugendes Vakuum, eine gierige Leere. Sie wollen die kathartischen Erfahrungsbedingungen der gestaltgewordenen Ideen auslöschen, durch die das Licht aus der zur Materie geronnenen Idee die Irrvorstellungen entfernt, den Geist von den in immer wechselnden verführerischen Konfigurationen angebotenen Todesfallen, vom scheinbar spielerischen, sich in das vergängliche Dasein webenden Schöpfungsabenteuer für immer erlöst. Sie sind ständig im Universum unterwegs, auf der Suche nach Medien, wo sie die lebendige Materie vernichten können. Die Planeten, auf denen sie Fuß fassen, werden in kahle Wüsten ohne Atmosphäre und Magnetsphären verwandelt, und auch der Keim sich entwickelter Zivilisationen wird ausradiert. Jetzt sind sie auf Terra gestoßen. Auf den anderen Himmelskörpern Solarias haben sie bereits mit Erfolg operiert. Das Prinzip, das sie erzeugt hat, das sie am Leben erhält, ist von zerstörerischer, tobender, fanatischer Art, der losgelassene, jeglicher Lebensoffenbarung fremde Komplex eines anderen Megakosmos, eine undurchdringliche, mörderische Masse, ein programmierter, gigantischer Komet, dessen Ziel es ist, das Gegenteil seines Selbst zu vernichten, die entsetzliche ›äußere Finsternis‹ der Legenden, die nichts außer dem eigenen Dasein duldet. Die Metaphysik, die zweifellose Überzeugung dieser in die ›Weltnacht‹ eingefrorenen Idee, entspricht der Überzeugung aller fixen Ideen, daß auf einem solchen Planeten die sich bis zum Selbstbewußtsein entwickelnden Daseinsformen, welche die ›Virusvarianten‹ vermehren, schwere Krankheiten darstellen, ›Sternenkrankheiten‹, juckende, nässende, ekelhafte Beschwerden, überflüssige Geschwüre des alleinseligmachenden Nihil. Man muß mit ihnen abrechnen, man muß mit ihnen verfahren, wie dies der Arzt mit den Erregern von Epidemien, ansteckenden Ausschlägen, giftigen Verpilzungen tut. Gestalten, die feste Form annehmen, Farben, aufglänzendes Licht, Bewegung, Erwachen, sichtbarer und unsichtbarer schöpferischer Strom, Ahnungen, Bilder, Spekulationen, die in das Mysterium der Unendlichkeit vordringen, Entwicklung, die nach Entfaltung, nach Befreiung strebt, ist in ihre erstarrte, finstere Nacht gesperrt, weil all dies ihr Dasein außerhalb des Daseins gefährdet. Ihre Methode ist so gut wie unabwendbar. Sie nähern sich dem Gegenstand ihres Feldzugs *innerhalb* verschiedener Lebensformen. Sie schlüpfen in ihr Kostüm, werden unter ihnen geboren mit jenen Fähigkeiten, die in der Konstruktion, in der Ratio, im Triebleben ihrer potentiellen Opfer am suggestivsten und genialsten sind. Es gibt nur eins, wozu sie nicht fähig sind. Zu den innen reinen, geschützten, unberührten Seelen, zu dem höheren Sinn, in überrationale Kontakte eingewoben, zum vieldimensionalen, erleuchteten Intellekt können sie nicht vordringen. Die nicht aufbrechbare, nicht zu enträtselnde Klausur des primären Individuums ist für sie ein ebenso unnachahmliches Geheimnis wie für die durch die präziseste elektronische und künstlich hervorgebrachte Neuronenkybernetik die Erkenntnisse, die neuen Gedanken, vom Althergebrachten abweichenden schöpferischen Entdeckungen jenseits der einprogrammierten Rechentechnik und Möglichkeitsvarianten. Sie können nichts dagegen tun. Ihre Hautfarbe ist das Symbol ihres Wesens. Sie sind schwarz. Daran läßt sich nichts ändern.«

»Ich hatte auf der Universität mehrere intelligente, moralisch reife schwarze Freundinnen und Freunde«, sagte Amrita schnell und etwas beleidigt.

»Freilich. Aber diese sogenannten Magier sind in ihren Wurzeln keine irdischen Wesen. Sie tragen ihren Körper nur als Kostüm. Ihr Fanatismus, ihre Suggestivität, ihre erotische Schönheit, die einer fleischfressenden Pflanze gleicht, ihre artistischen Voodoo-Rituale, ihre tierische Saugwirkung ausdrückenden Bewegungen, die sie von elegant schleichenden, sich ringelnden, jagenden Reptilien geborgt haben, sind *übermenschlich*, gefährlicher als jeder Kataklysmus, der Terra bisher heimgesucht hat.«

»Und wer wird diesen Kataklysmus überleben? Kann denn überhaupt jemand übrigbleiben, wenn ...«

»Doch, einige. Die Geschützten und Strahlenden. Und sie können zum Samen einer sich wieder verjüngenden Menschheit werden.«

9.

Höllenfahrt

Schon bald bekamen sie die Nähe der ›Sekte der schwarzen Schlange‹, den Versuch, in ihre unmittelbare Umgebung einzudringen, recht deutlich zu spüren.

Die ›undichte Stelle‹, das ›Leck‹ wurde in Bettina Orlandinos leidenschaftliches, launisches Wesen geschlagen, war sie doch trotz der von Tilla geborgten Kräfte aufgrund der aus ihrem Unbewußten hervordrängenden Gefühlskomplexe in dieser Beziehung unberechenbar und schutzlos.

Tilla begriff sofort, was mit ihr geschah. Ihre Mutter, obwohl sie schön, jung und unverändert erfolgreich war und während dieser kurzen Zeitspanne allein schlief, wurde nach Auflösung ihres letzten Verhältnisses von aufregenden, erotischen Träumen heimgesucht, die ein Mangelgefühl und sinnlichen Hunger in ihr wachriefen. Obwohl die Männer in ihrer Umgebung gern ihre Einsamkeit geteilt hätten, wies sie alle Annäherungsversuche wegen dieser bizarren wiederkehrenden Träume zurück. Ihr Schlaf war unruhig, dennoch schwindelerregend tief. Ihre Traum-Liebespartner waren den Männern, die sie bisher gekannt hatte, nicht ähnlich, obwohl es auch unter ihnen farbige, großartige Liebhaber, brutale, eifersüchtige Verehrer mit schier unerschöpflicher Potenz gegeben hatte. Ihre Traumpartner waren erschreckend animalisch, kalt und selbstsüchtig liebende, wilde Körper, die sie schlangengleich umflochten.

Gegen ihre zähe, peinigende, Qualen und Lust verursachende, unpersönliche Besitznahme konnte und wollte sie sich nicht wehren. Verkrampft, kreischend, in Schweiß gebadet klammerte sie sich an sie, diese aber gebrauchten sie mit ihren zahllosen, langen, polypartigen Extremitäten, mit ihrem doppelten, fischschwänzigen Genital wie die Inkuben des Mittelalters. Zerschmettert und erschöpft erwachte sie aus diesen Träumen, als hätte man das Mark aus ihren Knochen gesaugt, oder wie aus der blutigen Umarmung eines Vampirs, selbst zum Vampir geworden, unbefriedigt die Fortsetzung dieser scheußlichen Hochzeit wünschend, bei der ihr Blut aus den Lippen quoll und die Stürme des sexuellen Verlangens gleich elektrischen Blitzen durch ihre erogenen Zonen fuhren. Trotz ihrer umschatteten Augen und ihrer schwankenden Schwäche verbrachte sie Stunden in ihrem Badezimmer, kämmte sich das Haar vor dem Spiegel, lief nackt durchs Zimmer, lachte manchmal kitzlig auf, als würde sie gerade den Orgasmus eines Akts durchleben — doch vor den anderen zog sie sich zurück, schloß sich in ihre Räume ein.

»Was wollt ihr?« fragte sie, wenn man an die Tür klopfte, mit seltsam tiefer, etwas heiserer Stimme. »Ich habe viel zu tun. Habe schlecht geschlafen. Ich möchte allein sein!«

»Was ist los mit dir?« fragte Amrita.

Sie hörten, daß Bettina drinnen auf und ab ging, gegen die Möbel stieß, sich mit dumpfem Sturz aufs Bett warf, wieder aufstand und ihre unruhige Wanderung erneut aufnahm. Auch das Klirren von Kristallgläsern drang durch die Tür, dann schlug eine Flasche an den Rand eines Glases, und ein leises Glucksen verriet, daß ein Getränk eingeschenkt wurde.

»Trinkt sie?«

»Ja«, nickte Tilla. »Sie hat bereits eine ganze Menge schweren Rotwein getrunken. Auf nüchternen Magen.«

»Warum läßt du das zu?«

»Wenn ich an sie herankomme, werde ich sie von ihrer Drüseninfektion heilen. Vorerst ist eine harte, schwarze Hülle um sie geronnen, eine magnetische Hülle. Ich werde ihr helfen. Doch nicht nur sie muß ich aus ihrer Privathölle befreien. Jetzt geht es um einen Zweikampf, der keinen Zweifel daran läßt, wie es um alles steht, noch daran, wer der Stärkere ist. Sobald wir fort sind, wird Bettina zur Probe eilen. Dann folgt eins aufs andere, Schlag auf Schlag. Die Magier wollen durch sie zu mir vordringen — zu ihrem Verderben. Los, komm!«

»Unternimmst du gar nichts? Wollen wir sie in diesem selbstgefährlichen Zustand alleinlassen?«

»Ich tu alles, was ich tun muß. Bettina brennt durch irgend etwas durch, weil sie zum potentiellen Schlachtfeld geworden ist. Nach der Programmierung der Magier steht sie mir am nächsten.«

Nach der Abendvorstellung nahm eine Kollegin Bettina mit in die schwarze Satanshöhle.

»Dort gehörst du hin«, meinte sie mit weitgeöffneten Pupillen, während sie mit der Hand eine Prise Kokain nahm. Nasenflügel und Nasenscheidewand waren vom vielen Pulver bereits rötlich und verkümmert. Früher hatte Bettina sie keines Wortes gewürdigt. Jetzt ließ sie sie in ihre Garderobe ein.

»Ich weiß«, nickte sie abwesend, dann schüttelte sie mehrmals den Kopf. »Dort ist mein Platz.«

Sobald sie durch das breite Tor getreten waren, wurde Bettina sofort von der gleichen Erregung erfaßt, die sie in ihren Träumen gefangengenommen hatte. Sie spürte den Druck der schwarzen Polypenarme an ihrem Körper, in ihren Adern, Nerven, Gefühlen, das Kreisen der

Lust, der sich bis zum Schmerz steigerte. Ihr eigener Wille war wie gelähmt. Ihre Erinnerung, ihre Persönlichkeit lösten sich auf in der Dämmerung anregenden Räucherwerks, körperloser Stimmen, peitschender Worte, während sie sich zwischen den anderen Vergifteten auf ein Kissen hockte. Sie sah nichts anderes als die immer schärfer werdenden Konturen ihrer hageren, unwahrscheinlich großen Reptilien-Liebhaber, deren wunderschöne Gesichter wie schwarzer Lack glänzten, ihre langfingerigen ›Fühler‹ und die gewaltigen Fledermausflügel, die sie umschwebten. Träumte sie? Nein. Dies war das echte Wachsein. Der tiefe Baß in Begleitung des antiken Chors sprach mit von wilder Lust erfüllter Stimme in dieser nächtlichen schwarzen Messe zu ihr, sprachen alle gleichzeitig. Denn sie teilte ihren Körper nicht mit einem einzigen Jemand, weil es kein Jemand war, mit dem, mit denen sie in der Symbiose der Lust lebte, seit … Seit wann? Es gab keine Zeit. Dies war ein zeitloser Augenblick, er kannte kein Gestern, kein Morgen … nur ein Jetzt. Durch den wilden, wütenden Ansturm der Reize und Triebe wurde auch sie hin und her gerissen, bog sich zitternd und bebend. Es war ein tödlicher Durst, ein tödlicher Hunger. Die Befriedigung durch Traum und Phantasie war dazu angetan, ihr Verlangen nur noch zu steigern. Wie lange noch? Wie weit ließ sich solch eine tobende Sehnsucht noch spannen? Wann würden die Saiten ihrer Nerven mit mörderischem Knall reißen? Egal. So sollte es sein. Sie hatte sich immer den Liebestod gewünscht, kreisend im Strudel der finsteren Nacht, wo die Sonne niemals aufging. Der glückliche Traum des Nichtseins. Nur Empfindung, blutig hervorbrechendes Röcheln. Man mußte dafür opfern, was die Toren für Leben halten, obwohl … Nein. Man durfte nicht daran denken. Lauter Zweifel, lauter Schmerzen. Der Tag und das Licht waren verlogener Wahn. Die

Dunkelheit bedeckte die kranke Flamme mit samtener Finsternis, die ihren Opfern nur kleine Brocken hinwarf, dann das Alter... die Exekution... Aber diese einsame, tiefe, die erogenen Zonen stimulierende Männerstimme, an der die vielfältig schattierte Verzierung des Chors sich mit hypnotischer Kraft emporrankte, den unverständlich verständlichen Text wie ein Echo wiederholend, stürzte ebenfalls auf sie hernieder wie das Jüngste Gericht, diese Stimme war anders. Diese Stimme brauchte man, diese Stimme war von zerfleischender, unentbehrlicher Wichtigkeit. Ein einziger Augenblick bedeutete mehr als ihr ganzes bisheriges Leben. Die Ohren dröhnten ihr, ihr schwindelte vor den schwarzen Worten und Sprüchen, die wahr waren! Wahr! Wahr! Schon dem Säugling wurde die Nummer des Armesünderhauses ins Fleisch gestanzt. Alle waren dem Untergang geweiht, ganz gleich, wann dies geschah. Was wollten alle diese Blinden mit den offenen Augen? Worauf hofften sie? Warum verkehrten Sterbliche mit Sterblichen? Warum waren sie fruchtbar, warum wurden sie empfangen — für die Friedhofsgräben und Verbrennungsöfen? Warum lachten, weinten, malten, bauten, musizierten, sangen sie, warum konstruierten sie Maschinen? Warum beteten sie? Zu wem beteten sie? Zu einem mitleidlosen, unbarmherzigen Schöpfer? Warum versuchten sie, das nicht Greifbare in Bildern und Büchern festzuhalten? Warum wurden Häuser, Kirchen, Opernhäuser, Fabriken, warum wurde ein Zirkus gebaut? Warum schlugen sie sich den Bauch mit dem Kadaver eines anderen Lebewesens voll? Auch Pflanzen fürchteten sich und schrien, wenn sie abgeschnitten und aufgegessen werden. Alles irdische Leben war ein zur Krankheit, zum Verwesen verurteiltes, vernichtendes, überflüssiges Geschwür. Terra lag im Todeskampf, und mit ihr auch der Mensch. Wozu? Wozu das alles? Nur die dunkle Stille tat gut. Nihil. Stille. Stille, deren Kern die ewige Lust jenseits des Daseins war. Seidige, schwarze, tödliche Stille. Stille.

Tief, mit imperativem Echo ertönte der Schauder der samtenen Stimme, die jaulende Musik ging unter die Haut, schnitt ins Fleisch:

»Beugt vor! Flieht! Überschreitet die Schwelle! Der Freitod ist das Tor!«

Bettina kam im Morgengrauen in vollkommen aufgelöstem und benommenem Zustand nach Hause. Das schweißnasse, dichte Haar klebte ihr im Nacken und auf der Stirn. Ihre Hand, ihr ganzer Körper bebten. Ihr Gesicht war totenblaß, die Lippen hatten sich blutlos und bläulich verfärbt.

Tilla und Amrita erwarteten sie in ihrem Schlafzimmer. Die schluchzende Zofe wurde beruhigt und zum Schlafen in ihr Zimmer geschickt.

»Jetzt können wir aus der Krankheit das Antitoxin extrahieren«, sagte Tilla zu Amrita. »Es beginnt. Der Faden dafür ist vorhanden. Wo man ihn band, wo man ihn zu binden meinte, dort beginnt er sich zu lösen. In Bettina.«

Die Sängerin erkannte zunächst auch die beiden nicht. Ihre weitaufgerissenen Augen starrten ins Unendliche. Sie sprach nicht, sank vor ihrem Spiegel auf einen Stuhl. Langsam zog sie die Schublade heraus, in der sie ihre Beruhigungsmittel aufbewahrte, ohne dabei hinzuschauen. Mit unsicheren, suchenden Fingern kramte sie Medikamentenschachteln hervor, griff immer tiefer in die Schublade. Dann hörte man einen metallischen, leisen Knall.

»Das Geheimfach. Dort liegen Spritze und Heroin. Sie hat das Zeug von jener Kollegin bekommen, mit der sie nachts in der Unterwelt war. Sie hat es aufbewahrt, wußte selbst nicht, warum. In ihrer Depressionsphase. Sie glaubte, die Sachen vor mir verstecken zu können.

Sie muß sie selbst herausholen.« Amrita hörte Tillas Stimme nur mit dem Gehirn.

»Dann laß um Gottes willen dieses Gift nicht greifbar herumliegen!«

»Keine Angst! Ihr kann nichts passieren. Aber jetzt muß nicht nur sie allein genesen. Wir können durch sie ein riesiges Geschwür ausräumen.« Sie trat zu Bettina, streichelte ihr die Stirn, begann sie zärtlich zu massieren, legte ihr die Handflächen über die Augen.

»Was siehst du?« fragte sie.

»Seidige, streichelnde Dunkelheit und ... sie.« Sie streckte die Hand nach dem Kästchen mit der Spritze aus, doch diese erstarrte in der Luft, als hätte jemand ihr Handgelenk ergriffen. Sie strengte sich an, wand den Arm hin und her. Die Finger verkrallten sich vor Anstrengung. »Laßt mich! Laßt mich los!« stieß sie zwischen knirschenden Zähnen hervor. »Wie können sie es wagen ...!« Sie begann keuchend zu weinen. »Ich muß es tun!«

»Du mußt gar nichts tun«, sagte Tilla leise. »Kannst du dich erinnern, wo du diese Nacht gewesen bist?«

»Bei ihnen! ... Ihre Zähne blitzen weiß aus den ebenholzfarbenen Gesicht ... Ihre Arme, ihre Schenkel sind lang, muskulös ... Sie haben mich umflochten wie Riemen ... Es tut gut ... Es tut weh ... Beides zusammen ... Durch meine Augen hat sich ihr Körper an mich angeklickt ... drückende, glitschige Tentakel, durstig saugende Finger ... Ihr ganzes Sein ist in mich eingedrungen ...« Sie ließ die Hand sinken. »So etwas habe ich noch nie gespürt ... Noch mehr ... noch mehr ... noch mehr ... Ihre Zähne sind blutig ... Auch mein Mund ist voller Blut ... Wir trinken Blut ... Ich erlebe den endlosen Orgasmus ... Durch sie ... In ihnen ... Sein Duft ist betäubend ... Selbst ihre Stimme gleitet in meinen Schoß ... Noch mehr, sternenlose Nacht ... Der vielfarbige Abgrund des Chors ... Ich stürze! ... Felsenklippen schürfen mich auf ... Gleich werde ich in der Tiefe angelangt sein! ... Ich werde zerschmettert ... Zusammen mit ihnen ... Unsere Säfte vermischen sich ...« Keuchend hob und senkte sich ihre Brust.

»Wach auf!«

»Ich will nicht aufwachen! Ich will nicht!«

»Du bist bereits aufgewacht.« Tilla nahm die Hand von Bettinas Augen. »Schau in den Spiegel!«

Bettina starrte auf ihr Spiegelbild, auf die feuchten, klebrigen Haare, auf die Augen mit den dunklen Ringen, auf ihr zerknittertes, schweißnasses Gesicht, in das die Falten tiefe Furchen gegraben hatten.

»Mein Gott! Wie sehe ich aus?« Sie kämmte mit den Fingern die Haare nach hinten, betastete die blauschattierte Haut, das farblose Gesicht.

»Du bist in einer einzigen Nacht um zwanzig Jahre gealtert.« Tillas Stimme war sanft und ruhig. »Hast du Kopfschmerzen?«

»Und wie! Tilla?«

»Wer sonst?«

»Leg deine Hand auf meine Stirn ... auch auf meine Augen. Sie ist fein und kühl. Ich kann diesem häßlichen Ungeheuer im Spiegel nicht in die Augen sehen! Das ist doch nur ... Das bin nicht ich, nicht wahr?«

»Überzeug dich davon!«

»Ich wage es nicht! Hilf mir, Tilla! Amrita! Bist du auch da?«

»Ich bin da.«

»Helft mir, aus diesem bösen Traum zu erwachen!«

»Hilf du uns, dich von jenem Ich zu befreien, das dich während einer einzigen nymphomanischen schwarzen Messe so zugerichtet hat.« Tillas Hand legte sich über Bettinas Augen. »Hilf uns, ihre Macht über dich zu besiegen. Du hast das Heroin aus dem Geheimfach deiner

Schublade geholt. Sie haben dir suggeriert, Selbstmord zu begehen!«

»Selbstmord ... begehen? Warum?«

»Erinnere dich an ihre Worte, nicht nur an ihre Stimme, ihre zähen, langen Schenkel, an den Druck ihrer Polypenarme und an ihr fischschwänziges Eindringen in deinen Körper! Erinnere dich an den Sinn ihrer Worte! *Überschreitet die Schwelle! Beugt vor! Der Freitod ist das Tor! ... Der Freitod ist das Tor!*«

Dieser Text schien mit ohrenbetäubender Lautstärke durch Bettinas Gehirn wie durch einen widerhallenden Saal zu brausen. Doch diesmal begriff, diesmal verstand sie ihn. Ihr Körper erstarrte vor Entsetzen.

»Das ... das ist gräßlich!«

»Sprich es nur aus! Wiederhol es! Wort für Wort!«

Bettina zitierte die schwarzen Sprüche zitternd, sich sträubend, in abgerissenen Sätzen. Plötzlich preßte sie die Hand auf den Mund. Sie sprang auf, als wollte sie fliehen, aber sie taumelte.

»Wahnsinn! ... Verbrechen! ... Man muß etwas dagegen tun! ... Jeder ist in Gefahr, der dort war, bis ... Ich fürchte mich! ... Ich habe Angst!«

Tilla drückte sie wieder sanft auf den Stuhl, weil sie sich kaum auf den Beinen halten konnte.

»Beruhige dich. An dich können sie nicht mehr heran. Wir werden dich baden, dann wirst du dich hinlegen und schlafen.«

»Auch im Traum ... sie ... auch in meinen Träumen ...«

»Du wirst nicht träumen. Du wirst dich ausruhen. Du bist geschützt.«

»Und die anderen?« fragte sie, während sie ins Badezimmer geführt wurde, und verhielt plötzlich den Schritt.

»Das ist nicht mehr deine Sache, sondern die Sache jener, die das Gegenmittel kennen.«

»Aber ... sie ziehen die Menschen in vielen Ländern

und Siedlungen zu sich heran«, flüsterte sie, während sie entkleidet wurde und im duftenden, warmen Bad versank.

»Das stimmt. Die Tempel der Finsternis sind Eiterherde im Körper der Erde«, murmelte Tilla, während Bettinas Lider schwer wurden. »Vorläufig. Die Selbstmordepidemie verbreitet sich unter den Menschen wie einst die Pest. Bei den Magiern aber läßt sich nicht beweisen, daß sie die Virusherde des Todes sind. Dennoch können sie nicht siegen.«

»Alle unken vom Weltuntergang«, flüsterte Bettina mit bereits geschlossenen Augen. »Die Erde stirbt ... wie die anderen Planeten in unserem Sonnensystem ... Die Natur hat sich gegen uns gekehrt ...«

»Es wird keinen Weltuntergang geben. Auf Terra ist das Gegenmittel vorhanden.«

»Ein Gegenmittel? ... Woher denn? ... Was ist das?«

»Das Licht besiegt immer die Finsternis. Du strahlst jetzt, Mutter. Sie lassen dich nicht einmal in ihre Nähe. Sie fürchten sich vor dem Licht, weil es sie vernichtet.«

Bettinas Augen öffneten sich. Sie war erschrocken und versuchte mit schaumbedecktem, nacktem Körper die Wanne zu verlassen.

»Und was ist mit meiner Kollegin geschehen, die mich begleitete? Elenas Nerven sind so labil!«

Das lauwarme Wasser, das aus der Rose der Dusche strömte, spülte den Schaum von ihr ab, streichelte sie kühl und beruhigte sie, während Tilla ihr die Wahrheit sagte.

»Elena können wir nicht mehr helfen. Sie ist schon lange rauschgiftsüchtig. Du weißt es auch. Das Kokain, das Heroin haben ihren ganzen Organismus zerfressen. Die Infektion von Ahrimans Gift war der letzte Tropfen, der ihr zum Tode verurteiltes Leben endgültig auslöschte. Sie wäre an den immer höheren Dosen sowieso gestorben.«

»Ist sie tot?« fragte Bettina bebend. »Hat sie sich umgebracht?«

»So kann man es auch sagen. Die Leichenstarre ist bereits bei ihr eingetreten. Im eigenen Bett.«

10.

Elixier des Lichts

Bettina war durch den Selbstmord ihrer Kollegin, der eigentlich ein Mord war, tief erschüttert.

»Man muß etwas gegen sie tun!« rief sie empört. »Ich werde alle meine Beziehungen spielen lassen, um sie von hier zu vertreiben. Ich werde die Kraft des Gesetzes in Anspruch nehmen. Ich werde ein Geständnis ablegen.«

»Gar nichts wirst du tun«, beruhigte sie Tilla. »Wer wird dir schon glauben? Man wird dich für eine hysterische Phantastin halten. Du hast keinerlei Beweise, daß sie mit Elenas Tod etwas zu tun haben. Sie hat schon mehrmals Entziehungskuren gemacht. Sie war als Süchtige registriert. Beruhige dich. Sie werden aus dieser Siedlung verschwinden.«

»Wie?«

»Sing, Bettina. Übe deinen Beruf aus. Bereite den Menschen Freude. Dadurch wirst du, werden auch sie geheilt.«

Bettina schaute stumm und lange in Tillas Augen. Ihre Züge glätteten sich. Sie seufzte tief und stellte keine Fragen mehr.

»Auch ich möchte wissen, wie man diese schwarze Pest ausmerzen kann«, bohrte Amrita weiter, als sie allein geblieben waren.

Tilla lächelte. Die Frage schwebte zwischen ihnen im Raum, doch sie antwortete nicht. Was sie sagte, war aber dennoch eine andere Art Antwort. In Amrita wurde dadurch die Glut der Neugier gelöscht, als hätte man sie in kühles Wasser geworfen, und machte der aufmerksamen, transzendenten Erwartung Platz.

»Wir gehen spazieren, Amrita!«

»Wir gehen spazieren«, nickte Amrita.

»Die Sonne scheint zu blendend. Können wir gehen?«

»Wir können gehen.«

Das Wetter in den Bergen war tatsächlich wunderbar. War auch die Zivilisation aus den Tälern in die Höhen geklettert, so glitzerten doch die Gipfel selbst in der milden, lauen Luft schneebedeckt über ihnen. Sie schlenderten die leicht ansteigende, gepflegte Serpentine hinauf, flankiert von blumigem Rasenteppich, grüngolden vibrierenden Büschen und Bäumen. Wenn sie auf die dichtgedrängten Wolkenkratzer aus Glas und Metall, auf die Verwaltungsgebäude oder auf die kleineren Villen mit den roten Dächern zurückblickten, präsentierte sich der Stufentempel der ›Magier der Finsternis‹ mit seinem schwarzen Schlangenschmuck als ein Block, der alles Licht schluckte, gleich den rätselhaften Schwarzen Löchern, den Sternenfriedhöfen des Universums.

Amrita erschauerte. Sie spürte nicht nur, sie *sah*, daß das undurchsichtige, abstoßende Leichentuch das bedrohliche Gebäude wie eine gefrorene Geleemasse umgab und daß auch jenseits seiner Umrisse diese lähmende Schlangenkraft aus ihm strahlte. Sie kreuzte die Arme über der Brust.

»Was ist das für eine unheimliche Macht!« brach es bebend aus ihr heraus. »Sie geht durch die Augen, durch die Haut bis auf die Knochen. Sie ist eisiger als jede Grabeskälte.«

»Ja«, nickte Tilla, »eisiger als jede Grabeskälte. Dennoch werden die Menschen, die sie in sich hineinsaugt, durch das Virus leidenschaftlicher Entzündungen getötet. Darum gibt es auch ein Gegengift.«

Die aufscheinende Sonnenflut multiplizierte auf seltsame Art ihre Strahlung und ergoß sich wie flüssiges Gold auf das kohlschwarze Gebäude.

»Schau nur!« Amrita packte Tillas Schulter. Eine Welle der Aufregung durchwogte ihr ganzes Wesen. »Es ist, als würde eine gewaltige Lupe das Sonnenlicht in ihrem Brennpunkt sammeln.«

»Eine gewaltige Lupe sammelt das Sonnenlicht in ihrem Brennpunkt und projiziert es auf das Gebäude«, wiederholte Tilla.

»Es schlürft das dunkle, todkalte Schutzgelee auf. Siehst du?«

»Ich sehe es. Nun kann das brennende Gold der Sonne nicht mehr ausgesperrt werden.«

Die Farbe des schwarzen Tempels wurde gräulich blaß, wurde heller, dann war das Grollen von Explosionen zu hören, mehrere hintereinander. Das Donnern war in der klaren Luft deutlich zu hören.

»Was war das?« fragte Amrita.

»Die Belagerung ist gelungen. Das Dach des Tempels der Hölle ist eingesunken. Achte darauf, wie auch die Mauern zusammenbrechen. Jetzt kommt der Lapis. Solch eine septische Wunde muß bis zu den Wurzeln ausgebrannt werden.«

Aus den eingestürzten Mauern brodelte dichter, schwarzer Rauch empor wie von brennendem Öl. Die Flamme war kaum zu sehen.

»Wenn das Feuer auf die anderen Gebäude übergreift, verbrennt die ganze Siedlung zu Asche!« rief Amrita erschrocken.

»Kein einziger Funke wird überspringen. Das ist kein Feuer. Das ist eine Flucht, ein Davonlaufen Hals über Kopf. Schau dir den Rauch an!«

Amrita erblickte plötzlich *die Gestalten, die Formen* der aufwärts brodelnden Schwärze. Deutlich und klar konnte sie die vor Haß und ... ja ... Furcht verzerrten Gesichter, die gebogenen, spinnenähnlichen Finger, die sich festklammernden Arme, die zuckenden, schlangenähnlichen Leiber, die gespaltenen Zungen erkennen, die zwischen Raubtierzähnen weit aus den schnappenden Mündern herausragten. »Wie die Tintenflecken eines Rorschach-Tests«, huschte es ihr durch den Kopf. »Doch diese werden auf dem hellen Hintergrund zu beweglichen, kompletten Formen ergänzt.«

»Ich hätte mir eine solche Dichte des tobenden Hasses und der Furcht gar nicht vorstellen können.«

»Es sind auch keine Energien nach menschlichem Maß«, erwiderte Tilla auf ihre Gedanken.

»Wissen diese, daß du ...?«

»Natürlich. Auch wir wissen von der Finsternis. Doch sie werden durch ihren Machtrausch geblendet. Jenseits der Barrieren der in sie hineinprogrammierten Gewalt sind sie unfähig, mit unverhofften Hindernissen zu rechnen. Zum Beispiel damit, daß sich nur die triebhafte Masse mittels Leidenschaft und Erregung, die sich bis zum Veitstanz steigern können, manipulieren läßt. Das Individuum aber, einmal vom Licht berührt, widersteht, ist für sie unerreichbar. In ihm allein liegt der geschützte Festpunkt des ewigen Lebens verborgen. Wir haben es mit ihnen zu tun.«

Neben dem rauchspeienden, in Asche versinkenden Trümmerhaufen wimmelte es bereits von winzigen Menschenameisen. Rote Feuerwehrwagen trafen nacheinander ein. Ein schneeweißes Schaummeer ergoß sich über die störrische, schwarze Rauchsäule, die immer höher stieg, sich ausbreitete und hinter die Berggipfel drängte, bis sie vom gleißenden, glitzernden Licht aufgesogen wurde und der in ihm unterging. Anstelle des ehemaligen Schlangentempels lag ein rußiger, schwarzer Fleck.

Tilla schritt wieder bergab. Amrita folgte ihr.

»Wohin sind sie verschwunden?« Amrita glaubte, dies nur gedacht zu haben, aber Tilla antwortete auch diesmal:

»Sie haben noch viele Zentralen auf der Erde, wo in den Menschen unwissende Finsternis und ein Vulkan der Emotionen regieren. In solchem Humus fassen sie Boden, ihr verkrusteter, geronnener, lähmender giftiger Fliegenpilz wächst und gedeiht. Dieser Vorgang ähnelt einer verlangsamten nuklearen Explosion in den relativen Zeit-Raum-Dimensionen. Überall gesellen sie sich zu den aufbrechenden Geschwüren von Terras Organismus.«

»Wenn es hier gelungen ist, warum kann man sie nicht aus sämtlichen Herden dieses kranken Weltkörpers vertreiben?«

»Weil die Zeit noch nicht gekommen ist.«

»Und wann wird die Zeit kommen?«

»Wenn jene Epoche zu Ende ist, die sich auf eurem Planeten erfüllen muß.«

»Aber das Durcheinander wird doch immer schlimmer! Obwohl man im Prinzip die Möglichkeit gefunden hat, die Luftverschmutzung aufzuhalten und die immer häufigeren Löcher in der Ozonschicht zu ›flicken‹! Es wird alles daran gesetzt, dieses Übel zu beseitigen.«

»Vorerst nur im Labor, um die selbstverschuldeten Schäden wettzumachen«, fiel ihr Tilla ins Wort. »Im Prinzip. Dennoch nimmt der Treibhauseffekt zu. Die Eichen, ein Großteil der Wälder sind vernichtet. Die Ozeane schwellen an. Wie kann man mit dieser unaufhaltsamen Verwüstung Schritt halten?«

»Wie denn? Weißt du es?« fragte Amrita niedergeschlagen.

»Ich weiß es ... leider.«

»Der Pegel der Umweltschäden steigt rapide an.«

»Die Oasen der sogenannten ›gesellschaftlichen Solidarität‹ wie die unsere sind ebenfalls in Gefahr geraten. Nicht nur die Ozonschicht der Erde, sondern auch das vielfältige Schutzsystem der Wohlstandsgesellschaft weist gewaltige Löcher auf, durch die das Abwasser des tiefsten Elends, der wildesten Aggressionen hereinsikkert. Wie könnten auch nur ein einziges Organ, ein einziger Körperteil diesem galoppierenden Krankheitsprozeß entgehen, wenn ihm das ganze Physikum zum Opfer gefallen ist?«

»Wie gelassen du das sagst! Teilnahmslos. Denn du bist nicht ganz Mensch!« brach es aus Amrita heraus. In ihren Augen standen Tränen des Zorns. »Bei dir spielt es auch keine Rolle, daß Bettinas künstlerische Möglichkeiten bald zu Ende sein werden! Die Gesellschaft, für die sie arbeitet, steht vor dem Konkurs. Zwischen den Kataklysmen der Angst und des Kampfes schweigen die Musen.«

»Meine Teilnahme ist nicht das Wort allein, oder die Hilflosigkeit, den Kranken zu beweinen, sondern die Tat. Ich liebe und bedaure jedes Lebewesen, das leidet. Doch für uns bedeuten diese Begriffe etwas anderes. Auf geistiger Ebene heißt Liebe nicht Besitzergreifen oder Beklemmung, sondern, wie schon gesagt, Solidarität des Lichts.«

»Verzeih mir.« Amrita ließ den Kopf sinken. »Bei dieser Anarchie, die in jede Lebensform übergreift, werde ich manchmal von Panik erfaßt. Du kannst *sehen, klar und deutlich.* Ich kann nur fühlen und grübeln. Wenn auch dieser unser Zufluchtsort vom Hochwasser der Unterwelt überflutet wird, wohin könnten wir mit Bettina fliehen? Wo wären wir in Sicherheit?«

»Was verstehst du unter Sicherheit, Amrita?«

»Was ich unter Sicherheit ...«

»Ja, du sprichst wie die Amokläufer der Vergänglichkeit. Hast du vergessen, was uns, ja, dir und mir, den sich Erinnernden, den Sehenden, Tod und Leben bedeuten?«

Amrita schüttelte langsam den Kopf, als erwache sie aus einer Benommenheit.

»Du hast recht. Irgendeine … Massenpsychose hat mich übermannt … Ich schäme mich.«

»Du brauchst dich nicht zu schämen. Die von Nerven durchzogene, schwere Materie in dir ist eine fürchterliche Falle, eine Erpresserin. Doch auf den Flügeln unseres körperlosen Bewußtseins können wir über sie hinausfliegen. Denn was kann dem noch zustoßen, *der die Unsterblichkeit weiß?*«

11.

Weltendämmerung

Das Forschungsinstitut, in dem Tilla und Amrita wohnten, war voll von klugen, rastlosen, bescheidenen oder strebsamen jungen Leuten. Sie suchten das Streitgespräch, provozierten, als fiele der Strahl ihrer unsichtbaren Stirnlampe allein auf die weißen Flecken, die sich auf dem Gebiet ihres Berufes abzeichneten — ausschließlich dieses eine Gebiet beschäftigte sie. Sie griffen ihre weniger aggressiven Gefährten an, ›die sich mit Kleinkram beschäftigten‹, widersetzten sich jedem Argument, jeder Behauptung. Probleme, die auch für sie unlösbar waren, wurden durch aggressive Fragen, zynische, fordernde Thesen ersetzt, obwohl sie wußten, daß vorläufig niemand in der Lage war, eine befriedigende Antwort zu geben. Unter der oberflächlichen Betrachtung, unter der Maske lebte eine ständige Beklommenheit in ihnen, ob sie es nun zugaben oder nicht. Dieses Allgemeingefühl war wohl für sämtliche Intellektuelle der Erde zu dieser Epoche charakteristisch.

»Wundert dich das?« fragte Tilla ihre Freundin Amrita.

»Nein, mich überrascht nur, daß wir nicht zu ihren wütend attackierten Zielscheiben gehören und daß sie sich uns nicht nähern, empört ob unserer Passivität, oder in unserer freundlichen Gelassenheit nach Auflösung suchend.«

»Sie wollen und können sich auch nicht beruhigen, Amrita. Ihre brodelnden Emotionen, das Ringen mit sich selbst und ihrer Umwelt, ihre Trinkerei, die heimlich genossenen Drogen, ihre Kollisionen, die in blutige Schlägereien ausarten, sind in Wirklichkeit nichts anderes als Verzweiflung, Flucht, Ersatzhandlung. Es gibt geniale Mädchen und Jungen unter ihnen, die denken. Sie sehen die scheinbar ausweglose Situation der Welt, lösen komplizierte Aufgaben glänzend, erhalten Auszeichnungen, haben alles, doch sie sind nicht fähig, sich darüber zu freuen. Sie sind voller Unsicherheit und Furcht. Sie spüren, daß ausgezeichnete Teilergebnisse sie nicht aus den Labyrinthen des Menschenlebens hinausführen. Wenn sie sich in Richtung Zukunft vorantasten, stoßen sie gegen eine undurchbrechbare Wand, die keine auch noch so kleine Öffnung zu einer lebbaren Perspektive aufweist. Nur bei ihrer Arbeit geraten sie manchmal ins Gleichgewicht, aus dem Aneinanderreiben von gestern und morgen in die Gegenwart. Diese wenigen Stunden sind ihre Ruhepause, da ihr ans Kreuz der verrinnenden Zeit geschlagenes Persönlichkeitsbewußtsein erlischt. Wir aber können ihnen nur dabei helfen, ohne daß sie es ahnen.«

»Das ist gut ... freilich nur ein kurzfristiges, vergängliches Almosen. Gibt es keinen unter ihnen, dem wir den wahren Sinn seines Daseins bewußt machen können, der versteht, daß jedes Labyrinth nach innen und nach oben offen ist?«

»Es gibt solche Kollegen. Mehr als einen. Aber sie ... sie schweigen, beobachten und warten, genau wie wir. Freilich suchen auch die übrigen jungen Forscher nach einem Halt. Sie naschen von der Wissenschaft, den Künsten, der Philosophie, kosten den Geschmack von Sekten, Religionen, Kulten, suchen zwischen Traditionen, modernen Tatsachen und Utopien nach einem Zusammenhang. Sie graben aus zweifelhaften Quellen okkulte Elemente, Aberglauben, exaltierte Vermutungen, aber auch wertvolle psychotechnische Methoden aus. Fast alle sind dahintergekommen, daß man sich am Vergänglichen nicht festhalten kann und daß sich die Wurzel der unsichtbaren Dinge hinter den Symptomen, den Ursachen verbirgt. Unsichtbar. Ist doch das Leitmotiv dieser Epoche der Uranus. Bei schwächeren Persönlichkeiten wirkt er wie eine provozierende Impfung, wird zum dogmatischen Fanatismus, der von ihrem Gehirn Besitz ergreift und ihre Denkweise steuert. Ihre Zahl ist beachtlich. Sie sind gemein- und selbstgefährlich, sie zerstören, um die Zerstörung zu besiegen. Sie vernichten, und im Rausch glauben sie, der Vernichtung mit ihren Bomben Herr zu werden. Sie üben Kamikaze, opfern den eigenen Körper als lebendige Minen, damit alles das zu Staub und Asche werde, was der Mensch bisher gebaut hat, damit neues Leben aus den Ruinen blühe. Ihre Richtung ist die ausweglosestе Sackgasse der sich selbst vergiftenden Zivilisation.«

Beide mochten den alten Professor Dominik Végár und assistierten ihm gern. Er hatte so viel gelernt — und konnte sich auch erinnern —, daß er bereits stark an der Allmacht der rationalen Wissenschaft zweifelte. Seine eigenen Kenntnisse schätzte er immer geringer, je mehr er davon sammelte. Er war kein eingebildeter Fachidiot und lebte nach dem Newton'schen Wort, daß wir Kinder seien, die im Küstensand spielen, vor uns den uferlosen, gewaltigen Ozean. Auf der hohen Stirn des Professors, zwischen den Falten, über den Augen mit dem forschenden Blick, leuchtete ein rötlicher Fleck, ähnlich dem Punkt, den religiöse Hindus auf die Stirn ihrer Frauen malen, wahrscheinlich die Spur eines Unfalls. Um seine dünnen Lippen lag ein nachdenkliches Lächeln. Beide Ohrläppchen waren ungewöhnlich lang. Das Rosa der Kopfhaut schimmerte durch das fliegende, schüttere Haar.

»Sein Lächeln ist wie das Lächeln Buddhas. Auch auf

der Stirn seiner Statuen glänzt ein Rubin. Und die Ohrläppchen reichen ihnen bis zu den Schultern«, sagte Amrita zu Tilla.

»Der Rubin oder der rote Fleck auf der Stirnmitte der Hindufrauen war ursprünglich ein Andenken an das ›Einsame Auge‹, die Sehfähigkeit. Der Sinn ist zum Großteil vergessen und nur ihren Philosophen, ›Heiligen Männern‹, Gurus, Yogis und Büßern bekannt. Das ungewöhnlich lange Ohrläppchen ist in Indien das Zeichen der Weisheit.«

Der weiche Teppich des Flurs, der zwischen den Laboren entlangführte, schluckte den Schall ihrer Schritte.

»Professor Végár ist wahrhaftig weiser als seine gelehrten Kollegen, weil er demütig ist, was ja keineswegs Naivität bedeutet. Er durchschaut auch die Menschen, seine Studenten, seine Kollegen. Darum hält er sämtliche Chemikalien, alle Grundstoffe für lebensgefährliche Mischungen, unter Verschluß.«

»Ahnt er nicht, wer wir sind?«

»Freilich ahnt er es. Aber er zweifelt an seiner eigenen Hypothese, wie er alles bezweifelt. Auch dies ist eine Form des Selbstschutzes. Leider ist er seinem Sohn Milos gegenüber befangen. Seine Kritik erleidet einen Kurzschluß, weil er seine eigenen Gefühle auf ihn projiziert. Er nimmt die beunruhigenden Symptome seines wirklichen Charakters nicht wahr. Er will in ihm seinen Nachfolger sehen, dem er eines Tages den Stafettenstab überreichen kann. Der junge Végár ist in der Tat ein begabter, gebildeter Forscher, doch eine schwache, widersprüchliche Persönlichkeit, den, was seine moralische Reife betrifft, Jahrtausende von seinem hervorragenden Vater trennen. Milos' verborgenes, verworrenes Innenleben wird sich bald — auch seinem Vater gegenüber — auf unheimliche Weise manifestieren.«

Milos Végár arbeitete ebenfalls in einem der Labore.

Er war kleiner als sein Vater, ein junger Mann mit weichem Körper und schwerfälligen Bewegungen. Die dikken Lippen, die breiten Hüften erweckten einen femininen Eindruck. Nur Stirn und Nase erinnerten an den Vater. Die blinzelnden, mißtrauischen Augen vermieden den Blick der Menschen, er schaute seinen Gesprächspartner nicht an. Seine Kollegen, die ihn als wortkarg und verschlossen kannten, kümmerten sich nicht viel um ihn. Er erledigte die ihm anvertrauten Arbeiten emsig und erfolgreich, aber er wollte sich nicht hervortun. Er hatte keine originellen Gedanken. Niemals ergriff er die Initiative, er führte nur aus. Es war, als wolle er in seinem pastellgrünen Kittel, der sich an den Körper schmiegte, im ebenfalls pastellgrünen Hintergrund der Wand verschwinden.

Als Tilla und Amrita das Labor betraten, trafen sie Milos bei seinem Vater an. Die beiden betrachteten versunken zwei Tiegel durch das Elektronenmikroskop, in denen sich winzige, farbige Kulturen ausbreiteten. Die Daten wurden von Computern auf Bildschirme projiziert.

Professor Végár hatte wegen der Isolation des Plasmins und der natürlichen Verwendung seines Antitoxins in der medizinischen Praxis den Nobelpreis erhalten. Dieses Medikament verhinderte die Immunität, die Verwandlung verschiedener Infektionsviren, wodurch diese der Wirkung selbst der stärksten Antibiotika Widerstand leisten konnten. Während der letzten Monate aber waren rätselhafte Epidemien, unbekannte Viren in den menschlichen Organismus eingedrungen. Darum nahm Professor Végár die Untersuchung der Interferone, T-Zellen und Freßzellen wieder auf und startete eine Versuchsreihe, die seine Kollegen schlicht für absurd hielten.

Er hatte vor, die Kraft der Zellen durch die Anlagerung von Immunextrakten verschiedener pflanzlicher und tierischer Organismen bis ins ›Übermenschliche‹ zu steigern, mit Hilfe der ›Geheimessenz der schöpferischen Magie der Natur‹, wie er es nannte, gewissermaßen ›umzuprogrammieren‹, so daß diese jeden fremden, lebensfeindlichen Angriff nicht nur abwehren und dessen Gift in sich einkapseln würden wie die Freßzellen, sondern den Aggressor bekämpfen und als Armee des Endsieges aus dem Körper eliminieren würden. »Jawohl, ich will mein Heilmittel zu zielsicheren biologischen Bomben anwachsen lassen, die die schädlichen Zellen von den gesunden unterscheiden können, einzig und allein zu dem Zweck, die feindlichen Prozesse auszulöschen, die den Organismus angreifen.«

Amrita war sehr an der Molekularbiologie interessiert. Auch Tilla nahm an den Versuchen gern teil, weil sie wußte, daß sich die gewaltigsten Kräfte nicht in der Welt der ›Riesen‹, sondern in der ›Zwergenwelt‹ verbargen. Zwischen den Mikrostreifen der Spektralanalyse pulsierten ganze Welten. Wie weit sie Professor Végár bei seinen Entdeckungen geholfen hatte, wußte nur Amrita allein, doch auch der Professor spürte es. Er hatte es gern, die ›klugen Mädchen‹ um sich zu haben.

»Kommen Sie! Kommen Sie mal her!« rief er aufgeregt, als er merkte, daß sie sich im Labor aufhielten, ohne den Blick vom Objektiv des Elektronenmikroskops zu wenden. »Ich glaube, ich habe endlich etwas gefunden.« Er zählte schnell auf, welchen chemischen und der Natur abgeguckten Einwirkungen das Forschungsmaterial ausgesetzt worden war. »Die Freßzellen verhalten sich den hereindrängenden, giftigen Zellen gegenüber ganz anders als bisher. Sie konservieren diese tödlichen, meuchlings angreifenden Vampire nicht in sich, damit diese sie von ihnen aufzehren könnten und sie ebenfalls zu Vampiren würden, die die Lebenskraft verbrauchen, nein, sie töten sie ... Ja, sie töten sie. Sie vernichten alle miteinander!«

Die eindringenden ›fremden‹ Zellen vermehrten sich unheimlich wuchernd in den Infektionsschnitten der neuen Epidemie. Ihre Viren zerstörten das Gehirn und die Nerven. Wer diese Krankheit bekam, wurde nach einigen Tagen der Latenz zum wahnsinnigen Amokläufer, mordete, vernichtete und wurde selbst das Opfer jener apokalyptischen Kultur, die er in seinem Körper mitschleppte. Er verfiel total, wurde zum ansteckenden, tobenden Epidemieherd, den man isolieren mußte, weil der Tod ihm nicht so schnell den Garaus machte. Nun war es gelungen, das Virus dieser sich rapide ausbreitenden Massenepidemie zu entdecken, doch konnte vorerst noch kein Gegenmittel extrahiert werden. Es versteckte sich, veränderte sich innerhalb von Sekunden zu unglaublichen Varianten, entzog sich jedem Heilungsversuch. Seine gefährlichste Wirkung bestand darin, daß derjenige, der angesteckt wurde, sich während der ersten Phase für seine Umgebung unmerklich veränderte. Die Ganglien, die Nervenzentren des Gehirns übernahmen seine irreführende, vorsichtige Strategie, wie von einem genialen Programmierer gesteuert. Der Patient verhielt sich einige Tage scheinbar normal, tobte nicht, trug sein früheres, gesundes Ich als Maske, doch begann er mit schlauen, geschickten und entsetzlichen Aktionen. Zunächst tötete er einzeln, vorsichtig, Frauen, Kinder, schutzlose Alte, ohne Zeugen, die Spuren verwischend. Er tarnte sich, wandte erfinderische Foltermethoden an, schändete, verstümmelte die Leichen, legte Brände, führte Sprengungen durch, vergiftete Gewässer. Erst spät erkannte man ihn an den Tatorten, wo er immer wieder in der erschütterten, erschrockenen Menge auftauchte. Mit versteinerter Miene, leeren Augen und zuckendem Mund, um den ein irres Lächeln spielte, beobachtete er die Zerstörung, die Hekatomben von Leichen. Etwas später lachte er auch mit dem charakteristischen ›I‹-Lachen der Schwachsinnigen auf: Hihihi! Mehrere Täter wurden festgenommen. Sie wehrten sich mit überraschenden Reptilienkräften, und man mußte ganz neue Methoden einführen, um sie unschädlich zu machen, denn wer sie berührte, wurde sofort angesteckt. Man mußte Schutzanzüge anlegen, sie mit einem Metallnetz fangen und in getrennte Zellen einsperren, weil sie sich sonst gegenseitig zerfleischt hätten.

»Was ist das?« fragte Amrita ihre Freundin Tilla, als sie zum ersten Mal von der neuen Epidemie hörte.

»Terra wurde auch diesmal von einem psychischen Virus überfallen — ähnlich, aber viel gefährlicher als der mittelalterliche Veitstanz, der ganze Siedlungen in Irrenhäuser verwandelte.«

Die beiden jungen Frauen traten zu den Elektronenmikroskopen, wo ihnen Professor Végár und Milos ihren Platz eingeräumt hatten. Sie beobachteten die sich verfärbenden Partikel der Mikrowelt, die sich rastlos zu bewegen und miteinander zu kämpfen schienen. Sie griffen an, fraßen die anderen auf und lähmten sie, ließen ihre Formen verschwinden und übernahmen die Macht. Als Amrita den Blick vom aufregenden Anblick des Mikrokriegs abwandte, schaute sie in Milos' gerötetes, erhitztes Gesicht. Seine sonst blinzelnden, seitwärts gleitenden Augen waren weit aufgerissen und starrten sie an, doch war es nicht Amrita, die er fixierte, sondern etwas Unerfindliches irgendwo hinter ihr, das er wie im düsteren Rausch beobachtete, während er durch sie hindurchblickte. Was das wohl sein mochte? Amrita hatte ihn noch nie so gesehen.

»Nun?« fragte Professor Végár seine Assistentin Tilla, die ebenfalls vom Mikroskop zurückgetreten war.

»Großartig«, lächelte ihm das Mädchen zu. »Jetzt werden wir also die aus den Schnitten extrahierte Substanz weiter kultivieren, dann wird sie allen jenen Untersuchungen und Kontrollen unterzogen, ohne die sie nicht zum brauchbaren Serum werden kann. Leider breitet sich dieser neue Aussatz erschreckend schnell aus und hat bereits für einige unverhoffte Überraschungen gesorgt.«

»Vielleicht gelingt es uns, den üblichen Prozeß eben mit Rücksicht auf die schwerwiegenden und dringlichen Umstände abzukürzen.«

»Jetzt sind also die Ratten an der Reihe, die man im Schutzanzug und mit Hilfe von Manipulatoren behandelt«, nickte Tilla, ohne dabei Professor Végár anzuschauen.

»Natürlich!« rief der Professor. »Was sollten wir sonst auch tun?«

»Ich möchte Sie nur bitten, Herr Professor, seien Sie vorsichtiger. Wie ich sehe, trägt Ihr Sohn nicht einmal eine Schutzmaske wie Sie.«

Végár blickte erschrocken und stumm zu seinem Sohn auf, der auch durch ihn hindurchschaute, doch da hatten die beiden Frauen das Labor schon verlassen.

»Warum?«

»Die weiteren Kulturen werden ihm eine große Enttäuschung bereiten, ja, sogar mehr als das.«

»Wie soll ich das verstehen?«

»Nicht nur die Freßzellen werden ihn im Stich lassen, sondern auch sein Sohn. Das verborgene Genie dieser Krankheit, mit dem er den Kampf aufgenommen hat, wird sich nicht noch einmal so verhalten wie jetzt unter dem Elektronenmikroskop, unter der Kontrolle des Computers. Denn die Wurzeln dessen, was sich als Symptom manifestiert, liegen im Unsichtbaren.«

»Du meinst, es gibt keine Hilfe?«

»Doch, eine einzige. Denn nur diejenigen können angesteckt werden, deren Unbewußtes einen ausreichend wirren, aggressiven Nährboden bietet. Das Medium ist das unsichere, verletzte, von den Geschwüren der Minderwertigkeitskomplexe übersäte Unbewußte. Die Immunität gegen die psychischen Viren der neuen Epidemie ist die Wiedergewinnung der Herrschaft über die im Menschen tobende Gefühlswelt. Wer seine schrankenlosen, namenlosen Emotionen, Triebe, Dämonen niederstrecken kann und wessen moralische Ästhetik stärker ist als seine unterdrückten vulkanischen Leidenschaften, der ist vor dieser Infektion geschützt.«

»Dann ... ist Milos Végár ...?«

»Bereits infiziert. Es gibt eine Menge unbewältigte Emotionen, die seit seiner Kindheit in ihm wuchern, im Schatten seines Vaters, der auf ihn fällt. Äußerlich ist er diszipliniert, vernünftig, doch hinter seiner Verschlossenheit eitern Geschwüre, verschwiegene Verletzungen vor sich hin. Sein gewaltiger Ehrgeiz, sein Vaterkomplex haben ihn zum ausgelieferten Medium der Krankheit gemacht.«

»Aber sein Vater vergöttert ihn ja, und der Sohn mit seinem untertänigen, servilen, diensteifrigen Verhalten verkündet geradezu, daß der Vater sein Vorbild ist.«

»Er hält ihn auch dafür. Ja, sogar für genial, spürt aber, daß er selbst niemals in seine Fußstapfen treten kann. Er wird durch dessen pure Existenz, aber auch durch dessen Resultate und Erfolge in den Hintergrund gedrängt und unterdrückt. Daß man ihn links liegen läßt, kann er nur ertragen, weil er als Ersatzhandlung einen geheimen, neidischen Haß dem Vater gegenüber in sich gären läßt. Er ist ständig damit beschäftigt, dessen Fehler und Versäumnisse auszukundschaften und zu sammeln. Er verrät es keinem, aber er führt Tagebuch darüber. Jede Zeile kündet von den Schwächen, Irrtümern und lächerlichen Schrullen des fehlbaren

Menschen Dominik Végár. Dieses Vatersyndrom ist zur krankhaften Besessenheit geworden, solange er nur denken kann. Das war es, was ihn so einsam gemacht hat. Hast du Milos jemals lächeln sehen?«

»Seit ich ihn kenne ... noch nie. Vielleicht jetzt zum ersten Mal, an der Seite seines Vaters, im Labor. Er war aufgebracht und erhitzt. Ich dachte, er sei froh, aufgeregt durch das Ergebnis.«

»Er war glücklich und aufgeregt. Aber hast du denn nicht gemerkt, daß sein Lächeln grimmig und spöttisch war?«

»Spöttisch?«

»Ja, denn es war bereits die Infektion, die seine Mundwinkel nach oben zucken ließ, ihn zum Grinsen zwang, so daß er die gelben Zähne bleckte und das Zahnfleisch entblößte. Es war nicht der scheinbar gelungene Versuch des Vaters, sondern der in ihm wirkende, auf dämonische Weise erfinderische Bundesgenosse der Epidemie, den er mit wilder Erregung feierte, einen Verbündeten, der den Angriff jedes Antikörpers abschmettert und neue Verzweigungen bildet.«

»Ahnt der Professor nichts über den Zustand seines Sohnes?«

»Vorläufig nicht.«

»Kennst du dieses Tagebuch?«

»Außer Milos nur ich. Aber auch Professor Végár wird es finden, ›rein zufällig‹. In jenem einzig sicheren Versteck, wo nach Überzeugung des Sohnes der Vater niemals suchen wird.«

»Wo denn?«

»Hinter Dossiers von Projekten, die sich als erfolglos erwiesen haben, die aber der Professor nicht vernichten läßt. Er haßt sie, er fürchtet sie, sie machen ihn wütend ... Laut Milos auch eine seiner verachtungswerten Eigenschaften ... Dennoch hängt er an seinem ganzen

Kram. An diesen Dossiers besonders, weil er damals viel Zeit damit verschwendet und bei seinen Experimenten viele Irrtümer begangen hat. Auf diese Weise straft er sich für sein Scheitern, weil diese Unterlagen ein Nachweis für die Unvollkommenheit seines Wissens sind. Seinem Sohn gegenüber hat er oft erwähnt, diese Schublade komme ihm vor, als hüte er bißbereite Vipern darin. Er wagt es nicht, etwas aus dieser Schublade zu holen, aber die Papiere müssen als Memento vorhanden sein, weil ihn ihre pure Existenz unentwegt zum Zweifeln, zu tieferem, gründlicherem Nachdenken anregt.«

»Was geschieht dann mit Milos? Er ist bereits heute schon gemeingefährlich. Wie wird man ihn unschädlich machen? Der Professor ist bei ihm, so daß auch er …«

Es klopfte. Amrita fuhr zusammen.

»Herein!« rief sie. Aber sie fuhr zurück, als der dickliche Milos in seinem grünen Kittel die Tür öffnete und auf seinen Senkfüßen ins Zimmer watschelte.

»Verzeihung«, murmelte er mit zuckendem, weichem Mund, der immer noch schief grinsend das schweißüberströmte, rote Gesicht verzerrte. »Ich glaube, meinem Vater ist etwas zugestoßen. Ihm wurde übel.« Ein seltsamer, gutturaler Laut drang ihm aus der Kehle. War es ein Lachen?

»Amrita!« Tilla erhob sich aus ihrem Sessel. Ihre Gestalt schien größer zu sein als sonst. Aus ihren Augen schlug der Strahl einer scharf aufblitzenden Flamme. »Ruf die Nummer an, die wir vereinbart haben!«

In Amritas Gehirn leuchtete sofort die Notrufnummer des Seuchenschnelldienstes auf.

»Dem Professor wird es gleich besser gehen. Ich eile zu ihm ins Labor!«

»Welche Nummer rufen Sie da an?« Milos' Gesichtsausdruck veränderte sich, als hätte er eine Maske fallen lassen. Verzerrte, markante Züge wurden sichtbar. Seine Unterlippe schob sich vor, er knirschte mit den Zähnen. Sein nach vorn fallendes Haar klebte auf der feuchten Stirn.

»Sie setzen sich dort auf den Stuhl und rühren sich nicht von der Stelle!« Tillas Stimme war leise, aber schneidend und strahlte eine solch unabwendbare Kraft aus, daß sich Amrita wunderte. Sie hatte nie geglaubt, daß das ausgesprochene Mantra sofort zur magischen Tat werden konnte.

»Sie sind festgeschnürt!« stieß Tilla ihre Zauberworte in den weichen Körper. »Sie sind gelähmt, sind nicht mehr ihr Werkzeug! Sie können gar nichts tun!«

Milos begann zu zittern. Er kreuzte die Arme fest über der Brust, als stecke er in einer Zwangsjacke. Langsam, widerstrebend, mit mächtigem Widerstand kämpfend schritt er rückwärts auf den Stuhl zu. Die Knie wurden ihm weich, der massige Körper plumpste lautstark auf den Sitz, fast wie unter dem Druck eines unsichtbaren Zwanges. Er preßte den Rücken gegen die Lehne, aus seinem Mund drang unartikuliertes Stöhnen, gefolgt von unverständlichen Worten mit tiefer männlicher und hoher weiblicher Stimme. Gurgelnd erstarb ihm ein ohrenbetäubender Schrei in der Kehle. Am Hals schwollen ihm die Adern und Sehnen an, als er den Kopf hob, ihn aber nicht drehen konnte.

Tilla trat zu ihm und zog das in grünes Leder gebundene Tagebuch aus seiner Tasche.

»Es ist besser, wenn die Ärzte und Pfleger das Ding nicht bei Ihnen finden. Ihr Vater hat das nicht verdient. Es ist besser, wenn wir es vernichten.«

Tilla legte das Tagebuch auf den flachen, marmornen Briefbeschwerer, der auf dem Tisch lag, und hielt die Hand darüber. Der Lederdeckel des Buches hob sich, seine Blätter wurden locker und bogen sich nach oben.

Die schmale, weiße Lichtkante erzeugte keine Flamme, die das Material zu Asche verbrannte, nur etwas Rauch, der wie ein dünner Strahl aus den Resten stieg, die zu einem Häuflein schrumpften. In Sekundenschnelle war auch das Häuflein verschwunden, und auf der schimmernden, glatten Marmorfläche blieb keine Spur von dem Tagebuch übrig.

Tilla eilte aus dem Zimmer.

Amrita nahm den Hörer ab. Sie wollte Milos nicht anschauen, der starr und unbeweglich auf dem Stuhl saß. Sein Kopf war bereits tiefviolett, aus dem offenen Mund über den gelben Zähnen lugte bereits das farblose Zahnfleisch hervor. Amritas ganzer Körper war vor Grauen und Mitleid mit einer Gänsehaut bedeckt. Doch sie konnte nichts anderes tun, als die Spezialeinheit zu alarmieren.

Tilla fand Professor Végár neben der ›Vipernschublade‹ auf dem Boden ausgestreckt. Er war ohnmächtig. Sie legte ihm die Hand auf die Stirn. Mit seiner feuchten, kalten Haut, seinem Gesicht, das bleich war wie die Wand, wirkte er bereits wie tot. Bei der Berührung von Tillas Hand aber sickerte das Leben langsam in seinen Körper zurück. Die Haut wurde lauwarm und bekam Farbe, dann wurde sie heiß. Er schlug die Augen auf, doch das Feuer des Bewußtseins flammte noch nicht in ihnen auf, als er Tillas Blick erwiderte, die ihm vom Teppich half und ihn auf einen Stuhl setzte. Sie schloß die Schublade, und während sie ihm den Rücken zukehrte, wußte sie, daß die quälenden Erinnerungen an die vergangenen Stunden wie reißende Raubtiere ins Gehirn des Professors zurückkehrten. Sie drehte sich wieder zu ihm um und setzte sich auf den Stuhl ihm gegenüber. Sie beobachtete ihn nicht nur, sondern streichelte mit ihren zärtlichen Lichtfühlern den vollkommen zusammengebrochenen Mann, der sich mit den

Fingern die Stirn betastete, und berührte seine Nervenknoten wie mit beruhigendem Balsam.

Professor Végár blickte müde und widerstrebend drein. Sein verständnisloser, von quälenden Tränen verschleierter Blick suchte Tilla.

»Mein Sohn ... Milos ...«, stotterte er mit zitternden Lippen.

»Jetzt ist schon alles in Ordnung.« Tillas Stimme war einlullend leise.

Professor Végár bedeckte die Augen.

»Sie verstehen das nicht ... Milos ist krank, infiziert! Mir fällt es wie Schuppen von den Augen. Was war ich doch für ein törichter, verblendeter Vater ... Aber jetzt ... kann ich die Symptome erkennen.« Er schaute auf. »Vielleicht sind auch Sie beide und ich zu Virusträgern geworden, und ich bin dafür verantwortlich.« Dann brach er zusammen.

»Wir sind keine Virusträger«, sagte Tilla mit ruhiger Gewißheit. »Richten Sie sich auf, Herr Professor! Es drückt auf Ihr Herz, Ihren Magen, Ihre Lungen. Das ist eine schlechte Haltung.«

Végár gehorchte unwillkürlich.

»Holen Sie langsam und tief Atem. So! Schon fühlen Sie sich besser. Aus Milos' Tagebuch erfuhren Sie, daß Ihr Sohn ein potentielles Opfer war.«

Der Professor legte die Stirn grübelnd in Falten.

»Ich glaubte ... Ich wollte glauben, daß Milos mich schätzt. War er doch ... mein einziger Sohn.«

»Sie kannten ihn nicht. Sie sind ihm gegenüber auf verständliche Weise befangen. Sie liebten ihn. Das Bild, das Sie sich von ihm machten, war eine Projektion Ihrer eigenen Emotionen. Es verdeckte die Wirklichkeit, seinen schwachen Charakter. Milos hat sich bereits vor der Infektion wie ein schwerer Neurotiker benommen. Er mußte zum schutzlosen Nährboden der Krankheit mit den tausend Gesichtern werden, von der nur eine der vielen Varianten unter dem Elektronenmikroskop sichtbar wurde. Seit dem ...«

»Seit dem ... was?«

»Mit der gleichen Mischung kann es nicht mehr gelingen, die Epidemie unschädlich zu machen. Sie hat wieder eine neue Variante hervorgebracht.«

»Ausgerechnet durch Milos?«

»Er war einer der vielen Statisten des unsichtbaren Henkers. Es wäre auf jeden Fall geschehen.«

»Aber warum nur? Warum?« fragte der Professor — eher sich selbst.

»Weil diese Epidemie nicht materieller, sondern psychosomatischer Herkunft ist. Das wissen Sie selbst, nicht wahr?«

»Was wird aus Milos?« Tilla sah, mit welch großer Selbstbeherrschung er seine Verzweiflung niederzukämpfen versuchte. Er preßte die Lippen zusammen, sein Gesicht war gespannt, seine düster blickenden Augen beweinten wie zwei tiefe, ausgetrocknete Brunnen der Trauer in Wirklichkeit einen Toten. Seine Stimme klang heiser, als er wieder zu sprechen begann. »Ich verstehe das nicht! Ich kann es nicht verstehen! Er war ein kluges, stilles Kind, anpassungsfähig und fleißig. Wahrscheinlich habe ich ihn nicht genügend beachtet. Wenn ich ihm beigebracht hätte, daß er begabt war, hätte er es weiterbringen können als ich ...«

»Er hätte es nie geglaubt. Denn er war vernünftig genug, um zu wissen, daß er, was Erfindergeist, zähes Streben, Ausdauer, strenge Beurteilung auch seiner selbst betraf, Sie, Professor Végár, nie erreicht hätte. Das schwindelerregend hohe Maß des Vaters ließ Milos' Selbstbewußtsein zu einem haßerfüllten Geschwür schrumpfen. Ihm wurde klar, daß er immer nur ein schwacher Abklatsch, eine Zweitausgabe bleiben würde, und das wollte er nicht ertragen. Er war sich seiner eigenen Unreife, seiner Wertlosigkeit bewußt. Die Rache des ewigen Epigonen war es, die in ihm zum Gift vergor. Er wird nicht leiden.«

»Wird man ihn narkotisieren?«

»Er ist sowieso nicht mehr er selbst, Herr Professor, obwohl er auch mit dem Kostüm nicht identisch war, das der liebende Vater auf ihn projizierte. Sie haben stets in diesem feindlichen Fremden einen Bundesgenossen vermutet. Sie müssen ihn loslassen, auch mit Ihren verletzten Gefühlen, nicht nur mit dem Verstand. Er war ja nie der Ihre. Wir leben in Krisenzeiten, da die Zusammengehörigkeit des reifen, bewußten Menschen mehr bedeutet als jede Blutsverwandtschaft. Sie hatten nicht nur einen … einzigen Sohn. Alle Ihre moralisch verpflichteten, geistige Werte tragenden Schüler sind Ihre Kinder und Kampfgenossen. Auch Amrita und ich gehören dazu. Wir werden Sie nicht verlassen. Es geht um Sein oder Nichtsein des intelligenten irdischen Lebens. Die Zahl der wegen fehlender seelischer Immunität gefährdeten Opfer wächst an. Immer weniger Ärzte der Seele kämpfen gegen die Übermacht. Sie gehören zu den wahren Heilern, denn Sie haben sich davon überzeugt, daß dieser psychische Aussatz durch Vermittlung der Drüsen aus der Seele in das Nervensystem des Körpers hinüberfließt. Sie grübeln viel darüber nach, Ihr Verstand ist aufgeschlossen, Sie haben keine Vorurteile, dafür um so mehr Erfahrung. Das ist bereits Statistik. Wir können nichts weiter tun, als zu den Wurzeln der Krankheit ins Psychikum vorzudringen und sie dort im Trommelfeuer mit dem ›Antitoxin der Seele‹ zu beschießen, wo und solange dies möglich ist.«

»Was verstehen Sie unter ›Antitoxin der Seele‹?« In Végárs Stimme schwang eine verdutzte, über allen Zweifeln liegende Verwunderung mit.

»Ausgerechnet Sie sollten es nicht wissen?«

»Sie haben meine Frage nicht beantwortet.«

»Muß ich das?« Tillas strahlendes Lächeln fiel auf den Professor wie heilende Sonnenwärme.

Végár schüttelte langsam den Kopf.

»Nein ... Sie müssen nicht antworten. Ich finde nichts Unglaubliches daran, daß die Schwingungen unserer Gedanken die gleiche Wellenlänge haben. Das ist keine experimentelle, sondern bereits eine exakte Wissenschaft.«

»Ja, es gibt mehrere im Institut, die mit Ihnen zusammen denken.«

»Seltsam. Seitdem ich meine subjektive Abwehr abgebaut habe, die mich in die Dämmerung fliehen ließ, sehe ich Milos, in Raum und Zeit ausgebreitet, ohne seine verräterischen Manifestationen, Taten, ohne Verschwiegenheit und ohne seine Masken, wie er in Wirklichkeit war. Seine wahren Gefühle mir gegenüber, seine krankhaften Phantasien schreien mich mit wahnsinnigem, neiderfülltem Haß an, klagen mich an, verachten mich, wünschen mir den Tod, Daumen nach unten, mit fanatischem Rachedurst: ›Solange du lebst, muß ich wie ein getretener Wurm leben. Fort mit dir!‹ Warum nur habe ich nichts von dieser Zeitbombe bemerkt, die meinen Lenden entsprang?« Er schaute Tilla aufgebracht, fast fordernd an, dann verschlug es ihm die Sprache, und sein Blick glitt von ihr ab. »Ich weiß. Sie haben es schon gesagt. Ich habe etwas auf ihn projiziert, womit er nicht identisch war. Sie aber, Frau Orlandino ...«

»Ich heiße Tilla. Meine Mutter nennt mich so. Sie und wir sind uns sehr nahe, ebenso wie Ihre übrigen, wahren Mitarbeiter. Dieser lebenserhaltende, ewige Strom des Lichts grenzt die Fiktion des eisigen Mangelgefühls aus unserem Wesen aus, das sich in Milos' Unbewußtem verbarg, wobei die eiskalte Strahlung dieser Emotionen auch seine Kraft aufsaugte. Sie aber sind jetzt durch das aus uns strahlende Bündnis von einem Schutzwall umgeben. Sie sind nicht allein, kein Bruchstückwesen, das einsam nach einem Ausweg sucht — mit uns sind Sie vollkommen. Leonardo da Vincis sagte, daß die Liebe die Tochter der großen Erkenntnis sei. Sie können kein Mangelgefühl mehr haben, weil die Liebe Sie über die eigene Trauer erhebt. Darf ich Sie etwas fragen?«

»Ich bitte darum.«

»Wagen Sie es bereits, das Ding beim Namen zu nennen, mit dem sie sich so tief, so ohne Selbstbetrug, trotz eingebildeter, oberflächlicher Autoritäten nicht nur rational, sondern mit der Intuition höherer Wahrnehmungen oder mit Ihrer Vorstellung beschäftigen, seit Sie denken können? Haben Ihnen diese Erfahrungen zweifelsfrei bewiesen, daß das Leben ewig ist?«

»Diese Tatsache wird schon in der Physik bestätigt. Nach Heisenberg registrieren die physikalischen Erscheinungen Ursachen. Die Summe der Physik ist die Metaphysik. Es fällt mir nicht schwer, ihm aufgrund meiner eigenen Experimente zuzustimmen.«

»Dann sind Sie sich auch sicher, daß Ihr Sohn ewig lebt. Mit seinem armen, vergifteten Körper hat er nichts mehr zu tun, sie ist nur eine fremde Hülle, die von ihm abfällt.«

»Ich weiß. Fremd.« Der Professor blickte vor sich hin. »Ich zweifle nicht daran, daß dies die Wahrheit ist.«

»Haben Sie ihn losgelassen?«

»Ja.«

»Und Sie trauern auch nicht um ihn?«

»Ich trauere nicht um ihn. Ich werde doch nicht jemanden beweinen, dessen Geist man niemals töten kann?« Sein Gesicht glättete sich. »Danke ... Tilla. Wir werden das Werk fortsetzen, diesmal aus einer anderen Perspektive.«

»Ja, wir werden unsere Versuchsobjekte nach deren Charakteraufbau, ihrer moralischen Reife, der Immunität ihres Drüsen- und Nervensystems auswählen. In unserem Sieb werden nicht viele Goldklumpen zurückbleiben. Sind Sie bereit, Herr Professor?«

»Natürlich. Ich habe keine Illusionen. Die aggressive Triebwelt ist die ›Erbsünde‹ des Menschen.«

12.

Psychoröntgen

Die Epidemie breitete sich immer weiter aus, und während der Latenzzeit war es äußerst schwierig, diejenigen herauszufiltern, die von der Krankheit befallen waren. Angesichts der ökologischen Gefahrensituation in Gegenwart und Zukunft meuterten die Menschen, vor allem die jungen, mit Recht, schlossen sich zu Anarchistengruppen zusammen. Bei manchen von denen, die Attentate und mörderische Greueltaten begingen, stellte sich alsbald heraus, daß sie selbst die virustragenden, hemmungslosen und suggestiven Provokateure waren, an denen die von der Massenhysterie Besessenen wie Eisenspäne am Magneten hafteten. Diese kranken Anführer waren in der Regel sehr intelligente Demagogen, die das Virus der Krankheit auf ihre Umgebung sprühten.

Professor Végár wäre wohl unter der Arbeitsbelastung zusammengebrochen, wenn Tilla ihn nicht immer wieder mit vitalisierenden Kräften aufgetankt hätte, die ihn zu übermenschlichen Leistungen befähigten. Amrita und seine anderen Assistenten und Kollegen mit ›immunem‹ Charakter standen ihm zur Seite, wachten mit ihm, führten Filteruntersuchungen durch oder verrichteten in Schutzkleidung ihren gespenstischen Dienst auf der Isolierstation unter der wachsenden Zahl der lebend toten, tobenden Opfer der Epidemie.

Beim Studium der erschreckenden statistischen Daten bat der Professor Tilla und Amrita in sein Arbeitszimmer. Sie waren allein. Er reichte Tilla die Meldungen.

»Was ist Ihrer Meinung nach zu tun?«

»Dasselbe, woran Sie denken. An die ›andere Perspektive‹. Die Pflichtuntersuchung mit Psychoröntgen, nicht nur in den Schulen, Universitäten, Krankenhäusern, verschiedenen Instituten, Behörden, Büros und leitender Körperschaften, sondern auch von Privatpersonen, unabhängig vom Alter.«

»Haben Sie ›Psychoröntgen‹ gesagt?«

»Ich habe Sie zitiert.«

Professor Végárs Blick wurde grüblerisch. Er konnte sich nicht daran erinnern, je einen solchen Ausdruck gebraucht zu haben ... Dann aber dämmerte es in seinem Gehirn, daß ihm der Inhalt dieses Begriffs bekannt vorkam, bis er ihm endlich vollkommen klar war. Tilla beobachtete ihn. Sie wußte, daß er seine ›Erinnerungen‹ als eigenes Gedankengut akzeptierte. War es doch wirklich gleichgültig, wessen Ganglien die unsichtbare Wirklichkeit vermittelten! Kein Mensch konnte sich mit einem Gedanken identifizieren, in dem er nicht eigenes Erleben erkannte, das einst sein Eigentum gewesen und dessen Wesentliches in sein höheres Bewußtsein zurückgeströmt war.

Professor Végárs düstere Miene erhellte sich ein wenig. Um seine Lippen lag der Widerschein eines leisen Lächelns.

»Ich möchte nur wissen, warum Sie mir mein eigenes Werkzeug nicht schon früher in die Hand gedrückt haben!« Dies war wahrscheinlich als scherzhafter Dank gedacht, obwohl die Dämmerung einer unsicheren, hoffnungslosen Beklemmung diese Worte wieder verschleierte. »Wie soll ich es anfangen? Wie erlangen wir angesichts eines so gewaltigen Unternehmens die Genehmigung der amtlichen Behörden, wie sichern wir uns ihre Mitarbeit? Wo nehmen wir intakte Helfer her?«

»Die amtlichen Behörden werden nicht anders können. Und auch die freiwilligen, von der Epidemie psychisch geschützten Mitarbeiter werden sich uns anschließen. Sie werden in unsere mehr als eng gewordene Quarantänestation flüchten. So wird es in allen Siedlungen sein. Diese kleinen Klausuren werden dann die Erhaltung der menschlichen Lebensform sichern. Terra hat eine wichtige Rolle im Kosmos. Das wissen Sie wohl am besten, Herr Professor.«

»Und die Ausgestoßenen? ... Die anwachsende, wie ein Krebsgeschwür wuchernde, sich vermehrende Masse? Der potentielle Nährboden der Infektion? Was wird aus ihnen?«

»Das wird die Natur entscheiden. Ich könnte auch sagen, die Kräfte der Unterwelt, die man rief.«

»Wie gelassen Sie von einem so fürchterlichen Urteil über Milliarden unglücklicher Lebewesen sprechen! Als hätten Sie diese bereits abgeschrieben, als wären Sie bereit, sie hilflos einer langen Agonie auszuliefern, in der ihnen ihr hoffnungsloses Schicksal bewußt wird und die schlimmer ist als der Tod.«

»Ich tue genau das Gegenteil, Herr Professor, so wie Sie und unsere Kollegen. Ich kämpfe gegen die Agonie, will retten, was zu retten ist. Ich möchte den Menschen und dessen Lebensform aus dem Fieberanfall des letzten Kataklysmus der Erde heil herausheben, damit er unter einem neuen Himmel, auf einer gereinigten Erde anstelle der Zivilisation, die in eine Sackgasse geraten und durch ihre giftigen Früchte selbstzerstörerisch geworden ist, die wiederauferstandene Kultur des Geistes errichte, das ›Goldene Zeitalter‹ des Uranus.«

»Tilla! Sie wissen selbst am besten, daß Ihre Worte trotz der naiven, aus Ihrem Wesen strahlenden, für mich undefinierbaren übermenschlichen Intelligenz und Kraft ein schwülstiger, romantischer Traum ist, ein Phantasieprojekt, das nicht zu verwirklichen ist. Wenn mich der Gedanke auch fasziniert, ja nahezu hypnotisiert — wie kann man die sogenannten Quarantänen gegen die Angriffe der aufrührerischen, vor der Seuche Amok laufenden, bis an die Zähne bewaffneten, hemmungslosen, hungernden, dahinvegetierenden, verblendeten Massen schützen? Wir haben keine Waffen, würden sie auch nicht benutzen. Abgeschnitten von den Kraftwerken der Welt, würde sich unsere Wärme- und Lebensmittelversorgung selbst dann rapide erschöpfen, wenn uns diese Wahnsinnigen, die uns nach dem Leben trachten, nicht zu einem Meer blutigen Morasts zertreten und zerstampfen würden.«

»Sie vergessen einige Dinge, Herr Professor.«

»Und die wären?«

»In den Quarantänen werden sich die hervorragendsten Geister der Erde zu Rettungsexpeditionen zusammenschließen, kluge Köpfe, die sich bereits über die Methoden klargeworden sind, um die fatalen Irrtümer der wissenschaftlich-technischen Revolution auszumerzen. Die erforderliche Kraft wird aus den Urenergien der Natur geschöpft, und wir alle sind ein Teil davon. Jene Mechanismen, die die Welt in diesen Konkurs getrieben haben, sind die Prothesen des aus dem Paradies vertriebenen, ausgegrenzten Geistes. Sie haben sich nicht bewährt. Diese Klausuren sollen nicht mit elektrischem Licht beleuchtet, die Lufttemperatur nicht mit künstlicher Wärme geregelt werden. Bei der Produktion, bei der Ernährung sollen keine Stoffe mit giftigen Nebenwirkungen Verwendung finden.«

»Sie werfen mit immer törichteren Unmöglichkeiten um sich! Ich muß mich fast fragen, ob ...«

»Ob ich mich auch schon infiziert habe? Sie wissen

sehr wohl, daß dies nicht der Fall ist. Was ich da sage, ist als herrliche Vorstellung, die Sie allerdings für eine Utopie hielten, bereits auch Ihnen durch den Kopf gegangen. Was sich aber der menschliche Verstand vorstellt, läßt sich nur durchführen, weil es Wahrheit war, weil es wahr sein und in der Zukunft verwirklicht werden kann. Sonst hätte diese Konzeption im geheimnisvollen Universum des Gehirns gar nicht erst geboren werden können. Die Kernenergie läßt sich nicht nur aus dem Uran, sondern auch aus den interdimensionalen Urströmen der menschlichen Imagination und des menschlichen Willens gewinnen. Das menschliche Gehirn ist eine vollkommene Dimensionsmaschine, aus der sich 24 Dimensionen ins Poliversum, ins Ideen- und Energiesystem der grenzenlosen Daseinsebenen, hineinweben. Die Genies unserer Quarantäne werden sich diesen ständigen Dimensionskreislauf zwischen dem Universum und ihrem eigenen Intellekt bewußt machen. In ihnen leuchtet die Erinnerung auf, daß die Dimensionen nichts anderes sind als die höheren oder tieferen Schwingungen ihrer Wahrnehmungsweise. Diese Schwingungen aber stellen jederzeit abrufbare, jederzeit anwendbare Energien dar: mächtige Kraftwerke, magnetische Schutzströme, lenkende, schöpferische Formeln, die die Wurzelworte der Elemente bergen. In Terras Krise, die schließlich zur Katharsis führt, sind die Klausuren durch keinerlei Angriffe von außen gefährdet. Eine magische Energiehülle schützt sie, macht sie für die zwei blinden menschlichen Augen unsichtbar. Nur das dritte ›Einsame Auge‹ kann sie in ewigem Bündnis erblicken — einem Bündnis, das über den Sternen liegt.«

»Ich kann mich nicht gegen die Wirkung Ihrer Worte wehren, obwohl ich dies eigentlich tun müßte! Mein gesunder Menschenverstand, alle meine bisherigen Studien, meine menschliche Verpflichtung, mein wissenschaftlicher Eid mahnen zum Protest. Ich soll protestieren und bin unfähig dazu. Wenn dies ein Wahn ist, dann bin ich zusammen mit Ihnen verrückt geworden, und ich freue mich darüber. Was verstehen Sie unter Katharsis?«

»Das Feuer, das alle Schlacke verbrennt. Das Fieber ist die Verteidigung des Organismus gegen Krankheiten und Infektionen.«

»Doch was wird aus der Konkursmasse der relativen Zeit? Mit den heute lebenden, leidenden, sich vermehrenden Massen ... außerhalb der Quarantänen?«

»Sie sind es doch, der in seinem Buch die ›Vermehrungsbombe‹ vom ›Krebsleiden der Welt‹ und davon sprach, daß die Prophylaxe die wahre Heilung sei. Die medizinische Wissenschaft konnte bereits große Erfolge erzielen, indem man die Symptome, die den gesamten Organismus schwächen, und die verschiedensten Krankheiten nicht mehr durch schädliche Bestrahlung, durch Chemikalien mit tödlichen Nebenwirkungen, sondern durch Stärkung des Immunsystems und durch Vermehrung der Antikörper bekämpfte — erfolgreich, wie sich herausstellte. Diese genialen ›Gangliengruppen‹, diese ›Quarantänen‹ sind die heilenden Antikörper höchster Intensität gegen Terras bösartige, lebensfeindliche Zellenwucherung, die strahlenden Serumherde der verborgenen, gewaltigen Urkräfte der Natur. Sie sind geschützt und nehmen jedes Leben beim ständigen Kampf zwischen Elementen und Menschen und bei allen dramatischen Veränderungen in Schutz. Sie beobachten die septischen Krampfanfälle unseres Planeten, kühlen durch unsichtbare Infusionen die Brandwunden des Leibes und der Seele mit dem ›trinkbaren Gold‹ des Lichts. In den Tiefen der Erde brodelt das Feuer, es hämmert gegen seine Klausur, speit glühendes Magma aus, wo es einen Weg nach draußen findet. Die Erde bebt, und es stürmt die See. Die Wächter dekorieren die Erde mit der unbesiegbaren Kraft der Elemente um. Abgründe tun sich auf für die Schlacke, die Wassermassen des Ozeans spülen verseuchte Städte hinweg, desinfizierende Säfte prasseln in die Täler, die zu tiefen Flußbetten werden. Aus dem früheren Flußbett steigen die Zentren der ehemals blühenden geistigen Kulturen auf. In ihrer veränderten, linderen Atmosphäre beginnt neues Leben. Dies wird zur Grundlage unserer geistigen Kultur werden, die einst bereits die Heimat derjenigen war, die von dort zu höheren Ebenen hinaufgeschwungen, aber noch heute unsere Verbündeten sind.«

»Wovon reden Sie?« Professor Végárs Gesicht rötete sich, sein Atem drang ihm wie ein zerrissenes Keuchen aus der Kehle. Seine hellen, weitgeöffneten Augen erstrahlten im Glanz der Visionen.

»Vom Märchenland Gondwana! Können Sie sich noch an die Wirkung erinnern, als Sie einst in Ihrer Studentenzeit zum ersten Mal die herrlichen Farbbilder von den Überresten Gondwanas, in Venezuela gelegen, auf den Seiten einer illustrierten Zeitschrift erblickten, jene von Algen und Pilzen überwucherten phantastischen schwarzen Felsen, deren Formationen, Säulen und Arkaden wie Skulpturen aussahen, als hätte die Natur sie aus dem Stein gemeißelt? Den aus den Wolken ragenden Gipfel des 2810 Meter hohen Roraima, den die Pemon-Indianer Tepui nennen? Einer der höchsten Wasserfälle der Welt stürzt über rosafarbene Quarzfelsen aus einer Höhe von neunhundert Metern herab und ist noch immer nicht ganz erforscht, verliert sich ihm Nebel, der ihn einhüllt. Der Sinn der Herkunft aber, die Bedeutung dieser geheimnisvollen Gegend sind der ›sich verjüngten Menschheit‹ nach dem jüngsten Kataklysmus verlorengegangen. Die Oberfläche ist wie die des Planeten Venus während des Großteils des Tages von Nebel bedeckt. Die seltsame Fauna und Flora weichen von der übrigen Pflanzen- und Tierwelt erheblich ab. Ihre verlassene Einsamkeit beschützt ihr Eremitendasein wie eine abweisende Sperre. Gewaltige Energiemassen prasseln hernieder. Der Boden ist sehr glitschig.«

»Ja! Ich erinnere mich!« Professor Végár rieb sich mit den langen Fingern die Stirn. »Jenseits der Grenze von Guayana und Brasilien hüllt sie sich in ihre Geheimnisse. Es war ungeheuer aufregend, als hätte irgendein Déjà-vu-Erlebnis von mir Besitz ergriffen.«

»Beim Anblick der Fotos glaubten Sie sogar, den süßlichen, scharfen, stechenden Verwesungsgeruch zu riechen, der über dem riesigen Gelände schwebt. Nach der Studie ist Roraima uralt, das Alter wird von den Forschern auf über eine Milliarde Jahre geschätzt. Einst hat das ›Märchenland Gondwana‹ Südamerika und Afrika verbunden, ein riesiger Kontinent, auf dem eine wunderbare Kultur blühte. Die Sandsteinberge, die ›Tepui‹, sind die ältesten Sandsteinfelsen auf unserem Planeten. Die in den Tiefen der Erde wirkenden tektonischen Kräfte haben die Tepui, die Ebenen, in verschiedene Höhen gehoben. Die Härte des Sandsteins wurde durch Klimaveränderungen und geologische Zustände bestimmt. Vor dem Kanu der Entdecker zuckten unverhofft blaue Blitze über den Himmel, die ihre Figuren wie unwirkliche, aus Laserstrahlen geflochtene Drohungen an den Himmel schrieben. Dann stellte man fest, daß es sich um ganze Schwärme von azurblauen Morphoschmetterlingen handelte, die zu Millionen das strahlende Sonnenlicht kreuzten.

»Regenwüste.« Professor Végár schaute mit einem Blick auf, der sich im Unendlichen verlor. »Am Abendhimmel versprüht die rote Sonnenscheibe ihre Blutsäfte, die sich ans Licht klammern. Roraimas Felsen stehen in Flammen. Ersterbendes Wehgeschrei. Ein fremdes, wildes, berauschendes Bild.«

»Doch langsam zieht über die Landschaft mit den geöffneten Venen dichter Nebel auf. Die göttliche Fackel erlischt mit einem Zischen. Die Spalten, die dichten Wälder beugen sich unter der Last der dichten Finsternis. Ihr Schlaf ist die Ruhe des Nichtseins. Sie haben damals auch ein Gedicht über das Märchenland Gondwana geschrieben.«

Professor Végár schaute Tilla überrascht an.

»Woher ... wissen Sie das?«

»Wir brauchen wohl nicht mehr Verstecken zu spielen, Herr Professor. Ich habe es aus der Tiefe Ihres Unterbewußtseins hervorgeholt. Sie sind überzeugt, daß unsere Gedanken ungestört kreisen. Das Gedicht ist schön:

Das Wort allein ist schon Musik
und mythische Erinnerung.
Es weckt die Freude, die einst so geglüht und dann
erloschen ist, wie der Messias, dieser Wundertäter,
den Toten weckte, auferstehen ließ,
indem er sprach: ›Lazarus, komm heraus!‹
Worauf der Tote lebend wiederkehrte.
Das Linnen fiel von ihm, die Leichenflecken
verschwanden — dennoch war er tief betrübt
und einsam, weil er wußte, woher er kam
und wo entlang sein Weg nun wieder führt.
Im Blicke seiner eingesunkenen Augen
glühte das Brandmal der Unsterblichkeit,
hütete Bilder von Jahrmilliarden
und auch vom Dasein jenseits aller Zeit.
Er haderte mit dem Schöpfer.
Eiseskälte strömte aus seiner Haut.
Er führte Selbstgespräche. Weinte und klagte.

Ein heiliger Narr für jeden, der nicht begriff,
daß er nicht auf dieser Erde wandelte,
daß er nicht das Land der Legende suchte,
sondern jenes, das einst wirklich gewesen,
nun von der Macht der Elemente vernichtet,
zerrissen, auseinandergedriftet.
Nur Trümmer von seinem Zuhaus sind geblieben:
vom Sternentempel, durch Zauberspruch errichtet,
der die Schwingen seines Geistes rauschend entfaltet,
von der von schwerlosem Leben wimmelnden
Heimat der zum Himmel fliegenden
heiligen Avatoren,
dem magischen Märchenland Gondwana.«

»Freilich ... ich kann mich erinnern. Seinerzeit habe ich so etwas oft hingekritzelt. Pubertätserscheinung. Die Form dieses Gedichts ist dilettantisch. Einfach schlecht. Aber der Inhalt ...«

»Ist wahr.«

»Warum erzählen Sie mir ausgerechnet von Gondwana?«

»Weil Sie zusammen mit den übrigen Quarantänebewohnern zurückkehren werden, wenn sich der Zorn der Elemente gelegt hat, die Atmosphäre mild und rein geworden ist. Jene titanischen Kräfte, die die Erde umdekorieren, werden Gondwana aus seinem Sumpfgrab heben, und es wird sich wieder bevölkern.«

»Eine wunderschöne, wahnsinnige Utopie! Aber bis dahin? Was wird aus den Menschen, aus Ihnen, den Kollegen, Schülern, Studenten, der raufenden, entsetzten Masse, den Kindern und Kranken?« brach es aus dem Professor heraus. »Das sind Lebewesen, die fühlen und leiden!«

»Der destruktive Prozeß wird rapide beschleunigt, vollzieht sich aber nicht sofort. Sie werden mit uns zusammen weiter mit dem ›Psychoröntgen‹ experimentieren, an dem auch wir als Patienten teilnehmen. Dies gehört zur Magie der Heilung und des Heilens, bietet nicht nur Schutz allein, sondern tränkt ihre Diener mit sattwischen Energien, mit ›transzendentem Lichtelixier‹. Dies ist eine unbesiegbare Kraft. In den psychischen Kulturen der rätselhaften Urzeit hat man sich bereits dieser Methode bedient. Man kannte die Dimensionsreisen, die die Vergangenheit und die Zukunft beschworen, den Yoga des Wandelns in den Sternen, den Tempelschlaf. Man hat die Botschaften der Ideen, die das Weltall durchwoben, empfangen und aus diesen ewigen Strömen jenes Arkanum extrahiert, das alle Krankheiten heilt. Wir helfen dort und soviel, wo und wieviel wir können. Wir bleiben die Ärzte der Seele in dieser Welt voller Wehen und Agonie bis zur allerletzten Phase des Kataklysmus. Sie werden Ihre Vorträge auf der Universität und an der Akademie halten. Jeder Ihrer Sätze wird ein Ariadnefaden für diejenigen sein, die ihn ergreifen können. Später dann ...«

»Was dann?«

»Es lebt noch ein letzter, sogenannter primitiver Nomadenstamm namens Chang Tang auf dem nördlichen Hochplateau jenseits des Himalaja in einer Höhe von 4500 Metern. Es ist ein eisiges, düsteres Plateau. Die paar hundert Bewohner zwischen den kleinen, saphirfarbenen Seen sind unberührt und rein geblieben. Die giftigen Früchte der Zivilisation haben sie nicht erreicht. Die gewaltigen Temperaturschwankungen um 25° innerhalb eines einzigen Tages, die wilden Stürme, die schlechten Lebensbedingungen haben sie vom restlichen Teil der Menschheit und von den selbstzerstörerischen Gefahren der zivilisierten Lebensweise isoliert. Eins mit der Natur, schützen sie sorgfältig auch deren geringsten Teil. Sie lassen Yak- und Ziegenherden weiden, leben von Milch, von Ziegenmilch. Ihre Kleidung besteht aus dem Fell von Tieren, die an Altersschwäche eingegangen sind. Die Kleidung dient als Schutz gegen die eisige Kälte — aber nicht nur das allein. Diese Menschen kennen das Geheimnis der inneren Hitze, des ›Tumo‹. Durch ihre verstreuten Zelte fegt der eisige Wind, doch ihr Körper bleibt warm aufgrund der inneren Hitze. Für die anderen Bewohner der Erde ist dieses Klima unerträglich, denn auch die Luft ist dünn dort oben. Sie aber wurden in das elementare Schauspiel dieses majestätischen, übermenschlichen Zustands hineingeboren, waren abgehärtet und angepaßt. Sie empfinden die Tiere als ihre Geschwister und deuten die scharf gezeichneten Regenbogenkränze, die häufig am Himmel stehen, als Botschaften, Antworten und Mahnungen höherer Kräfte. Sie können ihre Organe, ihren Kreislauf, ihre Herztätigkeit regeln, sie kennen den Gang der Sterne. Ihr Körper paßt sich der Hitze und Kälte ebenso zäh an wie ihre schütteren, zähen Pflanzen und Tiere. Sie wissen ohne Worte, daß sie ein Teil, ein Spiegel des Universums sind. Sie verkehren mit Gedanken und mit Symbolen aus verschiedenen bunten Steinen und Pflanzen, verstehen sie auch. Sie sind sich darüber im klaren, daß Symbole formgebundene, magische Kräfte sind. Diesen Schmuck tragen sie als Talisman ins Haar geflochten und um den Hals gehängt. Sie kennen keine Emotionen. Ihr Gesicht mit den mongolischen Zügen ist ein einziges Lächeln. Sie ahnen die Kataklysmen voraus wie alle Naturgeschöpfe und finden in verborgenen Höhlen Zuflucht, wo sie die menschliche Lebensform in das ›Goldene Zeitalter‹ des Wassermanns hinüberretten werden. Der Schoß ihrer Frauen wird unser Zufluchtsort sein, wenn die Zeit gekommen ist. Die lange Nacht zwischen Leben und Tod werden wir in einer Sphäre verbringen, die wir schon jetzt in der Nacht des ›kleinen Todes‹, des Traumes, aufsuchen. Dorthin gehen wir im ›Tempelschlaf‹ unserer Übungen. Wir stürzen nicht ins Unbekannte, sondern erheben uns in unser ewiges Zuhause.«

Professor Végár schüttelte benommen den Kopf.

»Wenn die Zeit gekommen ist? Wann wird das sein?«

»Es werden Zeichen kommen, unmißverständliche Zeichen. Und diejenigen, die das Schicksal der Erde tragen, haben keine Wahl. Doch bis dahin wird sich Chang Tangs Atmosphäre vollkommen geändert haben, wenn die Frauen der Pemon-Indianer den Botschaftern des Lichts einen Körper verleihen. Der Gipfel des Roraima, der aus dem Nebel ragt, verschwindet. Sein Hochplateau wird keine Regenwüste mehr sein. Die Insel, in deren schützender Höhle der von der Zivilisation unberührte Stamm den Kataklysmus übersteht, wird sich in gemäßigten Breiten mit einem neuen Kontinent vereinen, der aus dem Meer auftaucht. Sein Boden wird von einem seidigen, taubenetzten Grasteppich bedeckt sein, an den Bäumen seiner Haine werden goldgrüne Blätter im Licht rauschen, seine schäumenden Quellen sich zwischen Felsen dahinschlängeln, die wie Edelsteine schimmern. Ihr Süßwasser, das erfrischender schmeckt als Nektar, wird den Boden reich und fruchtbar machen.«

Professor Végár schloß die Augen, doch sein Gesicht spiegelte eine nach innen horchende Spannung wider.

»Auf der Hügelkuppe, zwischen dichten Bäumen, spiegeln die Fenster von Villen mit niedrigen Dächern den Sonnenschein wider ... Die Früchte dieser Gärten sind honigsüß und anders ... Sie heilen. Ich kann mich an ihren Geschmack erinnern ... In offenen, säulengestützten Marmortempeln ein orgelähnliches Instrument ... Die Hymne des Universums erklingt ... schafft Kontakte mit anderen Sphären ... Die Sterne sind Noten ... Diese Religion ... dieses Ritual ist die wahre Religion ... das Zurückgehen zu den Wurzeln. Ihre Priester sind Träumer ... Weise ... Sternenwanderer ...«

Der Professor schlug die Augen auf, den lodernden Strahl seines Blickes auf Tilla gerichtet.

»Was ergießt sich in meine Phantasie? Hat es das schon einmal gegeben? Oder ist es ein Mythos?«

»Das hat es schon einmal gegeben. Es ist kein Mythos. Und es kommt immer wieder. Was Sie gesehen haben, Herr Professor, woran Sie sich erinnert haben ... ist das Märchenland Gondwana!«

13.

Die fünfte Kraft

Professor Végárs Vorträge im großen Amphitheater der Akademie waren stets gut besucht, diesmal aber war der Zulauf außerordentlich, der Saal bis auf den letzten Platz besetzt. Doch auch die feierliche, erwartungsvolle Stille war ungewöhnlich. Die gespannte Aufmerksamkeit im Gesicht der jungen Leute, die sich Seite an Seite dicht aneinanderdrängten, die bange Hoffnung hoben sie heraus und machten sie einsam, so daß es ihnen unmöglich war, Worte miteinander zu wechseln, sich zu unterhalten. Sie lächelten nicht, sie flüsterten nicht, wandten sich einander nicht zu. Sie waren allein wie in den entscheidenden Augenblicken ihres Daseins: im Mysterium der Geburt, der Liebe, der Gefahr und des Todes.

Amrita kam die hagere, hohe Gestalt des Professors fast durchsichtig vor, als er in seinem weißen Anzug das Podium betrat. Seine aufs Publikum gerichteten, weitgeöffneten, hellen Augen blickten in die Unendlichkeit, und wer seinen Blick erwiderte, fühlte, daß er durch die Scheinwirklichkeit hindurch in eine Wirklichkeit schaute, die erschütternder war als jede bisher gekannte, nicht fixierbare materielle Erscheinung.

Amrita und Tilla saßen vor dem Podium in der ersten Reihe.

Der Professor berichtete über seine spannenden Experimente, deren Ziel die Vereinigung der drei Quantenenergien in der Physik war. Dieses Bestreben, die Erkenntnis dieser Möglichkeit wurden von namhaften, begeisterten Gelehrten als ›aller Anfang‹, ihre unermeßliche Bedeutung als mythische ›Gralschale‹ bezeichnet.

»Danach … wurde das Ganze unsicher, mystisch, dennoch brennend interessant«, erläuterte der Professor, den Blick immer noch in die Ferne gerichtet, »bei der *fünften Kraft*, die der allmächtigen Gravitation widerstand. Diese Entdeckung ließ das Herz eines jeden Forschers höher schlagen. Sollten wir nämlich in den Besitz einer solchen Kraft kommen, könnten wir eines Tages über Konstruktionen verfügen, bei denen es keiner künstlichen Hebegeräte, Kabel oder Raumschiffe mehr bedarf, die mit Hilfe gefährlicher Treibstoffe und eines gewaltigen Instrumentariums zwischen den Sternen reisen. Das, wovon ich spreche, hängt mit allen Wissenszweigen auf revolutionäre Art zusammen, verändert und beeinflußt unsere Ergebnisse auf heute bereits vermutete, aber noch nicht feststellbare Art. So werden natürlich auch die Grenzen der Molekularbiologie universal erweitert, die Forschungsarbeit sämtlicher wissenschaftlicher Fakultäten betroffen, gefördert und ihre Erkenntnisse als Grundlage für weitere Arbeiten genutzt.

Die Tatsache, daß es die *fünfte Kraft* gibt, ist heute nicht nur theoretisch, sondern auch durch experimentelle Tatsachen bewiesen. Sie läßt sich auf praktische Weise mit subautomatischen Teilen verbinden. Seltsamerweise hat der zähe, kompakte *Schlangenbaum* der Tropen das Material für dieses phantastische Unternehmen geliefert. Russische Musiker haben ihre Balalaikas aus diesem eigenartigen Holz gebaut. Daß man nun diese erpresserische Anziehungskraft bezweifeln kann, obendrein in so lockerer Beziehung zu einem von der Natur produzierten Wunder, hat freilich für viel Spott gesorgt und scharfe Kontroversen ausgelöst, wie im Falle sämtlicher gewöhnlicher, abgesegneter Thesen. Hängt doch nach dem bisherigen, unerschütterlichen Dogma alles Leben auf Erden von der Gravitation ab. ›Wir sind die Kinder der Gravitation‹, hat seinerzeit Dr. Ralph Pellegrin gesagt, Direktor des Forschungsinstituts von Kalifornien. ›Wir ergeben uns stufenweise, so wie wir älter werden. Unsere Haut, unsere Organe erschlaffen, unsere Adern verkalken, wir werden vom Rheuma befallen, unser Herz pumpt kaum noch Blut. Dies alles aber bedeutet eine verlorene Schlacht gegenüber der Gravitation. Unser Rückgrat ist der Hauptlastenträger, unsere Arme sind Hebel. All unsere Knochen, unsere Muskeln haben sich entwickelt, um die Festigkeit in einem Punkt zu maximalisieren und zu konzentrieren. Sollte jemand daran zweifeln, so schaue er sich einmal die Formen der verschiedenen Kreaturen an, bei denen die Gravitation von nicht so großer Bedeutung ist: *im Wasser.* Oder man beobachte den schwerelos gewordenen Menschen im *Weltraum.* Nach den ersten, berauschten Minuten verliert der Astronaut seinen Orientierungssinn, ihm wird schwindlig, Brechreiz tritt auf. Aus seinen Knochen entschwinden das Kalzium und die Dichte. Ein Astronaut hat darüber wie folgt berichtet: 'In unserem Fahrzeug wurde ich lethargisch, erschöpft. Mein Allgemeinbefinden war viel schlechter als angenommen.' Als er acht Tage später auf der Erde landete, überkam ihn eine solche Schwäche, daß er auf der Tragbahre weggebracht werden mußte.‹

In jüngster Vergangenheit aber stellte sich heraus, *daß es eine Naturkraft gibt, die das Gegenteil der Gravitation ist!* Und das ist wahr. Dies war die größte Entdeckung seit Newton. Die Gravitation war die einzige Energie, die der Mensch nicht kontrollieren konnte ... bis zu Fischerbachs Versuch!« Professor Végár legte eine kleine Pause ein und holte tief Luft. Sein Blick war jetzt scharf auf die Zuhörer gerichtet, die mit stummer Spannung seinen Worten lauschten.

»Was Fischerbach und Samuel Aronson gesehen hatten, war erschütternd. *Sie hatten sich des vollkommenen Ergebnisses versichert!* Talg, Asbest, Kupfer, Wasser und Platin — doch sie fanden es nur in einem einzigen Stoff: *im Schlangenbaumholz.* Bis dahin wußten sie nichts weiter darüber, als daß es sich um die kompakte Substanz einer Tropenpflanze handelte. Der Balalaikaspieler russischer Abstammung, Alexander Iljitsch Eppler, hatte noch einen Vorrat an Schlangenholz besessen, der um 1990 in Budapest gefunden wurde. Frank Stacey, der australische Geophysiker, hat mit der Gravitation außerordentlich empfindliche Messungen in verschiedenen Tiefen durchgeführt. Je tiefer er kam, um so stärker wurde die Anziehung, einfach weil er dem Zentrum der Erde immer näher kam. Doch er entdeckte noch etwas anderes. *Nämlich eine Energie, die der Gravitation widersteht.*«

Im Saal gab es Gemurmel und Geflüster, als hätte ein Titan deutlich und vernehmlich aufgeseufzt. Die Menschen, die das Amphitheater füllten, beugten sich auf ihren Sitzen vor.

»Diese Energie verhielt sich mit einprozentiger Kraft in einem Umkreis von einigen hundert Metern anders als das Gravitationsgesetz, das auf der Erde als absolut vorherrschend bekannt galt und akzeptiert wurde. Ich glaube, daß ich die physikalische Bedeutung dieser Tatsache nicht eigens betonen muß. Heute ist es eine allgemein bekannte und von den Forschern jederzeit nachvollziehbare praktische Tatsache: Wenn im Atomkern die Dichte der Protonen und Neutronen maximal anwächst, wird die *fünfte Kraft* um so deutlicher wahrnehmbar, deren Schlüssel sie ist. Stacey wurde schon damals ›der Guru der fünften Kraft‹ genannt.«

Plötzlich gab es eine gewaltige Explosion. Die Erde erzitterte, die Türen sprangen auf. Die unzerbrechlichen Fensterscheiben zerbarsten zu Millionen von Mosaiksteinchen und stürzten zusammen mit den zersplitterten Fensterrahmen zu Boden. Panik brach aus. Die Zuhörer sprangen von den Sitzen auf, versuchten, sich gegenseitig stoßend, über die Körper anderer hinweg die Flucht zu ergreifen. Tillas Stimme erhob sich über dem Lärm, dem Rufen und Schreien.

»Ruhe bewahren! Bleiben Sie bitte stehen! Es kann nichts passieren, es sei denn, Sie trampeln sich gegenseitig nieder!«

Amrita konnte das stählerne Schwingungsnetz und die hypnotische Energie fast sehen, die die Menge aufhielt, die Menschen umfing: sie beobachtete, wie die Amokläufer regungslos erstarrten, wie die Angst erlosch und das Gefühl der Geborgenheit sie wie eine Ruhekammer umgab.

»Es besteht keine unmittelbare Gefahr. Die unterirdischen, in den Fels eingebauten Schlafkammern, Untersuchungsräume, Konferenzräume und Labors sind intakt. Bitte begeben Sie sich zu den fünf großen Aufzügen. Bald werden Sie die untere Ebene erreichen. Wir auch. Achten Sie auf die Reihenfolge!«

14.

Morgendämmerung

Tilla, Amrita, Professor Végár und neun weitere Kollegen begaben sich, ohne ein Wort zu wechseln, in den Untersuchungsraum mit den zwölf Liegen, der sich im ›Hades‹ der Siedlung befand, wie man diese Tiefenebene nannte. Unter ihnen war eine zerbrechliche chinesische Biologin mit Teerosenteint, Tsing Xiao. Neben ihr wirkte der hochgewachsene, weißblonde holländische Mathematiker Christian van Hocken mit seinen zwei Metern wie ein Riese. Benjamin Stein kam aus Israel, ein Historiker und genialer Physiker. Mit seinem feinen, orientalischen Gesicht, seiner alterslos mageren, glatten Haut und den glänzenden, dunklen Augen sah er aus wie ein älterer Bruder des arabischen Psychologen und Futurologen Ahmed ben Taif, waren sie doch Semiten, was ihre Rasse betraf, und alle Vorurteile und Aggressionen waren ihnen fremd. Die Gruppe wurde durch den französischen Astrophysiker und Anthropologen Pierre Verdel, den Hindu-Geologen Sidi Sarasin, den deutschen Schriftsteller und Astropsychologen Ludwig Engelmann sowie den schwedischen Ozeanographen Marcel Anderson ergänzt.

Sobald sich die Tür hinter ihnen geschlossen hatte, drang kein Lärm von außen mehr herein. Sie befanden sich in einer klimatisierten, geräuschgefilterten ›Ruhekammer‹, in einer gleichförmigen, etwas grünlichen, dem Tageslicht ähnlichen, ozonduftenden Atmosphäre, die Amrita an die erfrischende Oase einer Waldlichtung erinnerte. Die Stille breitete sich nicht nur von außen, sondern auch von innen über sie aus. Das bedeutete eine ungewöhnliche, hier aber natürliche Nähe und Offenheit, als wäre der Schutzanzug ihres Organismus, ihres Wesens, ihres Egozentrums durchsichtiger geworden. Mit lautlosem Kreisen wurde ihnen bewußt, daß in den Ideonfäden ihrer Gedanken gemeinsame Kräfte zirkulierten, das Energiesystem nicht ihrer versteckten, sondern ihrer offensichtlichen Identität. Nachdem Kostüme und Masken gefallen waren, wurde deutlich, wie viele mit ›leerer linker Handfläche‹ unter ihnen waren, die keine irdische Vergangenheit hatten — Terras Verbündete im Krieg des Lichts mit der Finsternis, wo es um die Erhaltung der Lebensform Terras ging. Doch auch andere gesellten sich hinzu, von Ahnungen und vagen Erinnerungen getrieben, mit nachlassendem Widerstreben gegen den unausweichlichen, letzten gangbaren Weg, gegen die letzte Entscheidung. Zu ihnen gehörte auch Professor Végár selbst, in dem die großartigen Errungenschaften der Zivilisation, die eigenen, jahrzehntelangen, erfolgreichen Forschungen, seine wissenschaftlichen Methoden zu Gesetzen geworden und in sein Gehirn eingespeist worden waren, mitsamt den ihnen innewohnenden Zweifeln, mit Erkenntnissen, die an der Schwelle seines Ichbewußtseins zögerten, im Gegensatz zu jener Aufgeschlossenheit, die ihre Fühler jenseits der Symptome ausstreckte. Dadurch wurde er in der unheimlichen, das ›Niemandsland‹ beschwörenden Stille in eine Art Zwiespalt getrieben, die ihn jenseits der Schranken seiner Persönlichkeit, seines gegenwärtigen menschlichen Schicksals führte. Die Verbundenheit, Bewußtheit und Zugehörigkeit Tsing Xiaos, der chinesischen Biologin, Christian van Hokkens, Benjamin Steins, Ahmed ben Taifs und Sidi Sarasins waren nicht zu bezweifeln.

Alle saßen in den Sesseln, die bei den Liegen standen.

»Dort oben explodiert eine Bombe nach der anderen«, sagte Tilla. »Den Großteil der öffentlichen Gebäude hat die vielhunderttausendköpfige Masse bereits besetzt. Die Geschäfte werden geplündert, man legt Feuer, tötet, trinkt, versinkt im Drogenrausch, liebt, singt Psalmen, predigt, flucht, trinkt Blut, schändet die Leichen, ißt Menschenfleisch.«

»Wie konnten sie den elektronischen Schutzwall und die strahlungsähnliche Arionglocke durchbrechen?« fragte Professor Végár ungläubig und überrascht.

»Nicht nur die Infektion hat eine Massenhysterie ausgelöst, sondern auch ein Erdbeben siebten Grades, aufspringende Geysire und Orkane, die sie überfielen. Die Abgründe, die sich auftaten, haben unzählige Menschen verschluckt. Die Höhlen, in denen sie Schutz suchten, sind eingestürzt. Die Massen ergossen sich bergauf wie eine wogende Meeresflut. Sie wurden gegen die elektronischen Sperren gedrückt, und über ihre verkohlten, isolierenden Überreste sind die anderen hinweggestürmt. Ihre Nuklearbomben haben die Schutzklausuren aufgerissen. Sie sind bis an die Zähne bewaffnet und von tobendem Haß gegen die Privilegierten erfüllt. Diese elementare und menschliche Tobsucht, die jede Sperre niedertrampelt, tritt parallel in mehreren Siedlungen auf. Auch auf den schwimmenden Inseln haben die Infizierten revoltiert. In den Raumlabors haben die Tobsüchtigen die Macht übernommen.«

Professor Végár sprang auf.

»Ich kann ... Ich kann es nicht glauben! Was ist das? Der Weltuntergang?«

»Das Alte muß sterben wie das Samenkorn im Boden, damit etwas Neues auferstehen kann.«

Professor Végár schaltete automatisch den Bildschirm

ein, der die Wand bedeckte. Doch auf dem Schirm wimmelten schwarze Pünktchen wie Ameisen, begleitet von krachenden, krächzenden Tönen.

»Schalten Sie aus, Herr Professor! Oben gibt es keine Stromversorgung. Dieses offene Fenster zur Welt hat uns nichts mehr zu sagen.« Tilla schaltete anstelle von Végár, der wie gelähmt dastand, den Fernseher aus. »Bewahren wir unsere eigene Stille und unseren inneren Bildschirm. Wir haben es nötig.«

»Und was geschieht mit den anderen, die hier unten sind? Was wird ... aus uns?« Professor Végár trat näher an Tilla heran und packte sie an der Schulter, sie aber schaute ernst zu ihm auf. Die Hand des Professor sank kraftlos herab.

»Verzeihen Sie«, murmelte er. »Sie können nichts für all das Entsetzlich, das da oben passiert.«

»Nichts. Aber ich kenne den Ausweg ... für einige unter uns. Setzen Sie sich wieder in Ihren Sessel, Herr Professor. Wir haben viel zu besprechen. Wir müssen eine Entscheidung treffen, die jeder nur aus eigener Überzeugung annehmen kann.«

Professor Végár ging zu seinem Platz zurück und setzte sich.

»Was für eine ... Entscheidung meinen Sie?« fragte er. Amrita spürte, wie er in seinem Innern von der Woge des Widerspruchs und der wortlosen Gewißheit überrollt wurde.

»In diesem unterirdischen Schutzraum werden viele noch eine Zeitlang überleben. Wasser, Lebensmittelvorräte, eigene Energiegeneratoren stehen zur Verfügung. Doch das alles wird die selbstzerstörerische Zivilisation nicht retten, deren letztes Stündlein dort oben geschlagen hat und die in den letzten Zügen liegt.«

Professor Végár sprang erneut auf.

»So etwas darf man nie aussprechen! Solange auch

nur ein Funken Hoffnung besteht, daß ich helfen, daß ich verhindern kann …«

»Gibt es Hoffnung?« Der Professor, der aufgeregt hin und her ging, verhielt beim Klang von Tillas Stimme plötzlich seine Schritte.

»Hoffnung gibt es immer!« rief er mit hochrotem Gesicht. »Ich selbst bin auf große Teilergebnisse gestoßen.«

»Sie sind auf Symptome gestoßen.« Tillas Stimme war einlullend und strahlte eine solche Kraft aus, daß ihr Lichtnetz erneut alle Anwesenden umwob. »Sie haben Vakzine extrahiert, die sich in der grünen Revolution der Lebensmittelerzeugung, bei gewissen Epidemien und Krankheiten als nützliches Heilmittel erwiesen haben, doch sie konnten der Todesangst, der Todesfiktion, dem Grauen des Ausgesperrtseins aus der Kontinuität des endlosen Lebens nicht abhelfen. Das, was jetzt geschieht, läßt keine Zeit mehr für Experimente. Hier geht es um etwas ganz anderes.«

»Um was denn?« fragte der Professor, obwohl er die Antwort kannte.

»Um die letzte Station. Um den tiefsten Punkt. Was man eine Zeitlang hinauszögern kann. Wir aber haben die Möglichkeit, hier in diesem Saal die zwangsläufige und einzige Wendung zu akzeptieren. Individuell. Wir können es tun, also steht es uns frei.«

Keiner sprach. Tilla wartete.

»Wie stellen Sie sich eigentlich diese *freiwillige* Entscheidung vor?«

»Wir haben bereits sehr erfolgreiche Tempelschlaf-Übungen durchgeführt. In Halbtrance sind wir aus unserem in aufgestützter Stellung ruhenden Körper herausgetreten. Wir sind in die Seelenbarke mit dem blauen Segel umgestiegen und sind im zärtlich streichelnden Wind über das durchscheinende, seidige Wasser des siderischen Ozeans zur Insel der ewigen Heilung geglitten. Diese Strömung, die wir als den Atem Gottes verspürten, führte uns in den Hafen der ewigen Zuflucht, wo wir uns ausruhen und uns zwischen den schweren Proben unserer Durchreisen am Arkanum laben konnten, das in der Unendlichkeit entspringt, in den mythischen Lorbeerhainen unserer schöpferischen Phantasie, an den schäumenden Quellen, unter dem wunderbaren blauen Himmel unserer Träume. Wir konnten auf den Flügeln unseres schneeweißen Seelenvogels auffliegen. Aus unserer Kehle drang die Hymne der körperlosen Freude und der Unsterblichkeit. In weisen, alten Bäumen fanden wir unsere Ruhestätte, wurden als Bächlein mit kristallklarem Wasser wiedergeboren durch den alles Leben erneuernden, erfrischenden Zauber der Natur. Beim letzten Tempelschlaf unserer heutigen Inkarnation kann dieser Übertritt längere Zeit dauern, wenn wir es so wollen. Die an der Oberfläche gärende und in der Tiefe der Erde brodelnde Umwandlung wird uns unseren sterblichen Körper durch Qualen und Ängste unter allen Umständen nehmen. Gibt es wohl einen Menschen, dem es vor der Nacht des kleinen Todes, des Schlafes, graut, da sein Bewußtsein erlischt, das Relais seines Nervensystem auf das Universum des Traumes umschaltet, der den Tod nicht kennt? Gibt es einen, in seinen Organismus eingesperrten Menschen, der, vor der Folterbank der Materie bangend, sein Erdenleben nicht so verlassen möchte, daß er ohne Todeskampf, ohne Furcht in die lange Nacht hinüberschlummere, auf die wieder ein Erwachen folgt? Denn in Wirklichkeit graut ihm nicht vor der wiegenden, sanften Amme, der alle seine Beklemmungen auslöscht, alle seine Krämpfe löst, sondern davor, was er für Leben hält, obwohl es nur eine verkrustete, bleischwere, vom Tode vergiftete Falle ist. In der Tiefe des Luftozeans ist dies ein wichtiger Schutzanzug. Anderswo, unter anderen Umständen das Mittel unerreichbarer Forschungen und Erfahrungen — bis sein Dasein vorübergehend in diesem Medium unmöglich wird. Darum bitte ich Sie: Denken Sie nach. Wählen Sie. Entscheiden Sie.«

»Wie stellen Sie sich das vor?« brach der hilflose, blinde Elementarinstinkt aus dem Professor heraus, der in diesem Moment auch seinen Geist umwölkte. »Sie sind wahnsinnig! Wollen Sie, daß wir die Euthanasie bewußt wählen, die für einen gewissenhaften Gelehrten nicht nur verboten, sondern auch ein moralischer Mord und Selbstmord ist?«

»Sie, Herr Professor, sind sich absolut im klaren darüber, daß ich ohne Ihre wohlüberlegte Entscheidung nichts tun werde! Die Situation ist Ihnen bekannt. Überlegen Sie, ob Sie sich weiter in Ihrem eigenen Hades aufhalten wollen, im ausweglosen Kerker Ihres Körpers verwahrt, bis dieser sich in der Agonie langsamer Qualen und Krankheiten im Kerker der relativen Zeit unter Chronos' unbarmherzigem Urteil allmählich von Ihrer Seele löst, oder ob Sie sich ohne überflüssiges Leiden jenem Zustand überantworten, der unter allen Umständen eintritt. Ich lasse Sie jetzt allein! Also: Erhaltung Ihres Körpers, so lange wie möglich oder das Ausruhen auf der Insel des Asklepios über den Sternen und der relativen Zeit. Dann Chang Tang, die Wiege der verjüngten Menschheit, wo Sie statt der giftigen Frucht der technisch-wissenschaftlichen, selbstzerstörerischen Zivilisation die Kultur des Geistes mit Hilfe der kosmischen Erkenntnis und der Nutzung der Urenergien der Natur verwirklichen, anstelle der Diktatur der Finsternis die Religion des Lichts, das Goldene Zeitalter gründen können.«

So sprach sie und verließ mit Amrita den Saal.

Als die zehn allein waren, schüttelte Professor Végár den Kopf.

»Ich hoffe, meine Freunde, daß wir diese unwahrscheinliche, entsetzliche Episode vergessen werden wie einen Alptraum.« Er sprach heiser und benommen, seine Augen waren trübe. Sein Blick huschte hin und her, als suche er nach einem Ausweg suchen.

Die kleine chinesische Biologin trat zu ihm und legte ihm die Hand auf den Arm. Der Professor fuhr zusammen. Sein Blick blieb auf Tsing Xiaos Teerosengesicht haften, das ernst und ruhig war.

»Wir können es nicht vergessen, Herr Professor. Sie wissen, daß Tilla nicht verrückt ist. Alle, die wir versuchen, der durch sie eröffneten Wirklichkeit zu widersprechen und die einzige Möglichkeit leugnen, die wir wählen müssen, sind im Vergleich zu ihr unwissend und geistesgestört. Die Sache wird uns erleichtert, da wir in dieser Gruppe hier keine Angehörigen haben. Auch Sie haben Ihren einzigen Sohn verloren.«

Professor Végár zog rasch den Arm unter Tsing Xiaos Hand hervor. Noch konnte er seinen Protest nicht aufgeben.

»Welche Möglichkeit bietet uns Tilla? Den Tod!«

»Nein. Das Leben.« Es war der lange Holländer, der dies sagte. Er erhob sich aus seinem Sessel und setzte sich auf die Liege.

»Daran zweifeln auch Sie nicht mehr«, setzte Sarasin hinzu und folgte dem Beispiel seines holländischen Kollegen.

»Doch, ich zweifle ... ich zweifle.« Professor Végárs Stimme wurde immer leiser. »Wir sind alle verrückt geworden ... verrückt ...«

»Gewißheit statt Ungewißheit«, murmelte Benjamin Stein.

»Zwölf leere Körperhüllen werden auf den Liegen zurückbleiben.« Tsing Xiao lächelte, als sie sich auf ihrer Liege ausstreckte.

»Wer wird sie bestatten?« Die kaum hörbaren Worte flatterten in der Stille wie müde Vögel.

»Abgelegte Schutzanzüge. Ist es nicht gleichgültig?« Ahmed ben Taif dachte dies nur noch. Er hielt es nicht für notwendig, seine Gedanken in Worte zu gießen.

Als sie in ihrer unterirdischen Schlafkammer allein waren, wandte sich Amrita an Tilla:

»Sie fürchten sich«, sagte sie. »Freilich nur diejenigen, die nicht bewußt zu uns gehören. Professor Végár wird am schwersten nachgeben. Die Studien, die Praxis langer Jahrzehnte haben einen Teil seines Bewußtseins programmiert, doch das andere — die höhere Vernunft, seine Erkenntnisse — haben bereits die engen Schranken in ihm gesprengt. Kampf und Zwiespalt wüten in ihm.«

»Der Ausgang dieses Kampfes ist eindeutig.« Tilla setzte sich. »Wir brauchen nicht mehr lange zu warten. Selbst die Sekunden arbeiten für uns.«

»Was ist mit Bettina geschehen? Denkst du nicht an sie?« In Amritas Stimme schwang beklommenes Mitleid.

»Das Unumgängliche ist bereits geschehen. Der Tod hat sie mit ihrem neuen Geliebten im Bett ereilt. Sie hat es gar nicht gemerkt. Sie hat sich nicht gefürchtet und hat nicht gelitten, ist leicht und schnell aus ihrem Körper ausgetreten. Auch ihr Geist wird ewig leben, doch ihr Wesen gehört noch zu der selbstmörderischen Zivilisation der Erde — vorläufig noch.«

Amritas Augen füllten sich mit Tränen.

»Tut sie dir nicht leid?«

»Sie hat es nicht nötig. Früher oder später wird sie sich uns anschließen. Denn das höhere Licht, das keine Halbwertzeit hat, ist bereits in sie eingedrungen. Im

Goldenen Zeitalter des neuen Äons wird auch sie nach Hause finden.«

Amrita setzte sich nachdenklich auf.

»Was glaubst du ... was jetzt im Behandlungssaal geschieht? Ob sie debattieren? Ob der wilde Lebensinstinkt in ihnen auch in dieser ausweglosen Situation kämpft oder ob die Mehrheit die Hand nach der glücklichen Auferstehung ausstreckt, die durch das unwahre Schreckbild des Todes zur Erlösung führt?«

»Sie haben bereits entschieden.« Tilla erhob sich. »Sie erwarten uns. Wir können gehen.«

Als sie den Saal betraten, lagen zehn ausgestreckte Gestalten in gedämpftem Licht auf den Liegen, die Arme locker am Körper ausgestreckt. Auf den Gesichtern mit den geschlossenen Augen lag die friedliche Heiterkeit der Träumenden, die die große Amme in der geheimnisvollen Nacht wiegte, die eine andere Art Leben war. Ein Leben, das die Ängste und Schmerzen des Ego nicht kannte.

Tilla und Amrita traten an die zwei freien Liegen heran, streckten sich aus, schlossen die Augen.

Ihr Bewußtsein wurde von der tiefen Bläue der heiligen Zuflucht überflutet. Um sie herum flüsterte leise der mythische Lorbeerhain, die Blätter klangen goldgrün vor Licht.

Und über ihnen erklang die silbrige Freudenhymne des weißen Seelenvogels, der mit ausgebreiteten Schwingen auf dem Rücken einer lauen Brise schwebte.

Dein Feuermantra, Herr, war wie ein Blitz,
in meiner Seele glüht das Land Gondwana.
Im schönen Land wütet die Feuersbrunst,
der Born der Sehnsucht schmerzt wie eine Wunde.
Und dennoch dank' ich dir für deinen Blitz.
Wenn durch den Pfeil der Funken auch verletzt
das rote Blut des hohen Himmels fließt,
so weiß ich doch, daß diese Pfeile einst
auf Rauchesschwingen deinen Thron erreichen,
wo deine Herrlichkeit die Huld vergießt.

— Mària Szepes

15.

Der Morgenstern

Es war eine seltsame Nacht. Hsiao Vam durfte nicht durch das Tor des Traumes treten, das sich vor ihr aufgetan hatte. Ihr Töchterchen hatte sie daran erinnert, daß sie wach bleiben mußte. Diese Frucht hatte schon sehr bald ihren kindlichen Leib verlassen, war aber dennoch bei ihr geblieben. Ihre unsichtbare Gegenwart war stärker in ihr geworden als seinerzeit ihre körperliche Wirklichkeit. Freilich wurde sie nicht als kleines Kind empfunden, sondern als zeitlos gereifter bedeutender Bote. Das wußte auch ihr Lebensgefährte. Eigentlich hieß sie gar nicht Hsiao Vam. Ihr Lebensgefährte hatte sie so genannt, als er sie erkoren hatte und sie gemeinsam die heilige Flamme umrunden konnten. Dieser sanfte, kluge Mann, mit dem sie das Kommen und Gehen von zwanzig Eisperioden und zwanzig Hitzeperioden verbracht hatte, war ein *Erinnernder.* So wurden die Mitglieder ihrer Gemeinschaft genannt. Es war nicht das erste Mal, daß sie gemeinsam an diesem auserwählten Ort geboren worden waren. Dessen waren sich beide sicher. Hsiao Vam glaubte, nicht mehr gebären zu können, dennoch trug sie einen Besucher im Schoß. Die seelische Schwangerschaft hatte sie in einen seltsamen Spannungszustand versetzt. Ihr Wesen war älter, wichtiger als das der bisherigen Fortpflanzer ihres Volkes. Manchmal wurde sie von Kleingläubigkeit erfaßt. Sie kam sich zu gering, zu unwissend vor, um für dieses Wesen, den Träger dieser großen Aufgabe unter ihrem

Herzen eine Hülle ähnlich der ihren zu bilden, die Vermittlerin zu sein, damit es im Schutz dieser Berge mit dem grausamen Klima unter ihren strengen Gesetzen Gestalt annahm. Der Eintritt dieses Kindes in die Welt auf der Hochebene des Himalaja, die Wehen der anderen schwangeren Frauen, hatten diesmal einen Sinn, der alles Dagewesene an Wichtigkeit und Bedeutung übertraf.

Hsiao Vam liebte ebenso wie die übrigen Mitglieder ihrer Gemeinde die Klausur dieser jungfräulichen Landschaft, die sie als Schutz empfand. Die täglichen Temperaturschwankungen von 25° konnte nur der Organismus der Eingeborenen vertragen. Dieses Klima war es, das sie vor der selbstvergiftenden, tödlichen Lebensform der Tiefe bewahrte. Die Yakherden versorgten die Bevölkerung mit Lebensmitteln, Milch und Käse. Das Fell aber wurde als Kleidung verwendet. Doch nur die altersschwachen Tiere mußten dieses Schicksal erleiden. Aber auch diese wurden nicht einfach geschlachtet. Ein tiefer Heilschlaf überkam sie, sobald die Zeit gekommen war, ihren Körper abzustreifen. Auch die spärliche Vegetation konnte das Klima gut vertragen, mit dem die Yaks vorlieb nahmen. Zwischen diesen lieben, freundlichen Tieren und den Menschen hatte sich eine tiefe Beziehung entwickelt. Sie kannten alle beim Namen, und alle bildeten eine gemeinsame Familie. Man freute sich über die Geburt verspielter Kälbchen ebenso wie über die Geburt des eigenen Nachwuchses.

Hsiao Vam legte ihre warme Pelzdecke über die Schultern und trat hinaus in die eisigkalte Nacht. Die frostige Luft stach ihr wie ein Eiszapfen in die Lungen, selbst durch den dicken Stoff, mit dem sie Mund und Nase bedeckte. Dieser Angriff des Klimas wirkte erfrischend und belebend. Sie hatte sich daran gewöhnt. Diese Landschaft war nie in totale Finsternis gehüllt, die schneebedeckten

Berge tauchten die Hochebene in bläuliches Dämmerlicht. Hsiao Vam erkannte deutlich die Muster der dikken Rauhreifschichten, welche die Pflanzen umwoben, und wußte, daß sie im Hagel der roten, heißen Sonnenpfeile alsbald dahinschmelzen würden. Es waren herrliche Kunstwerke, wie sie nie von Menschenhand geschaffen werden konnten. Sie tauchten jede Nacht wieder auf, vergingen scheinbar in der Hitze des Tages und wurden nachts wiedergeboren wie die Menschen.

Ihre alte Seherin Mara-Oan hatte ihnen oft erzählt, daß alle die Unglücklichen, von denen es in den Tiefen der Unterwelt wimmelte, von dieser wiederholten Erneuerung ihres Seins überhaupt nichts wußten. Sie glaubten nur an ihren Untergang, an ihr Vergehen, beweinten die zerschlissene, abgestreifte Hülle ihrer Seele, ließen sie in Prunkgräbern bestatten. Sie schenkten denjenigen nicht einen Blick, die den aufgebrochenen Kokon verließen, in dem ihnen Flügel gewachsen waren, und sich zu ihrer Zufluchtsstätte in den Sternen hinaufschwangen. Dort schöpften sie neue Kraft, um den schweren Heimsuchungen der Menschwerdung standzuhalten.

Als sie seinerzeit als kleines Mädchen dieses unglaubliche und erschreckende Märchen zum ersten Mal aus Mara-Oans Mund vernommen hatte, brach sie vor lauter Mitleid in Tränen aus. Sosehr bedauerte sie die verwirrten Verbannten der Unterwelt, deren Geist völlig umnachtet war und die trotz ihres ewigen Lebens die Lasten des Todes schleppten.

In letzter Zeit hatte Mara-Oan ihrem Volk von schwerwiegenden Ereignissen gekündet. Ihr Auge schwebte gleich einem Vogel mit ausgebreiteten Schwingen über der Welt der Gräber. Sie sah und hörte alles, was sich zwischen ihnen abspielte.

Hsiao Vam begriff nicht, warum die sich pausenlos

vermehrende Masse dieses Höllenkessels ungeschickte, unvollkommene Geräte bauen mußte, um den Kontakt miteinander zu ermöglichen. Zwar sprachen sie mehrere Sprachen, dennoch verstanden sie sich gegenseitig nicht. Vergebens wurden sie vom Wasser bedroht, vergebens stürzten die Berge auf sie herab. Sie wurden von Lava überflutet, ihre Städte von Orkanen hinweggefegt. Sie hatten die Sprache der Natur verlernt. Wurzelworte der Elemente, Richter der Strahlungen läuteten das Jüngste Gericht mit der Stimme der Ozeane und Feuersbrünste ein. Dieser gemarterte Planet wollte das Joch seiner unbarmherzigen, wahnsinnigen und einfältigen Henker abschütteln. Diese drängelnden, wuchernden Götzendiener, die das Zeichen des Todes trugen, waren die schädlichsten aller Lebewesen.

Was aber sollte aus ihrem Volk hier auf der Hochebene werden? Das war es, worüber Hsiao Vam nachgrübelte. Ihre lästigen Gedanken ließen sie in dieser sonderbaren Nacht nicht schlafen, trug sie doch ein Kind in ihrem Schoß, ebenso wie ihre übrigen weiblichen Gefährtinnen. Die in den Hängematten heranwachsenden Kinder schliefen friedlich unter ihrer warmen Decke. Der Schein blinkender Glut erhellte ihre Gesichter. Junge Männer, Mädchen mit fruchtbarem Schoß warteten auf die Hochzeitsreise oder darauf, ihr Leben dem höchsten Geist zu weihen. Von Mara-Oan erwartete sie vergebens Antwort auf ihre Fragen, sie antwortete nicht. Ihre rätselhaften Hinweise vermochte sie nicht zu deuten. Immerhin war es für sie eindeutig klar, daß der mächtige Hüter ihrem Volk bei jenen Ereignissen, die da kommen sollten, eine große Rolle zugedacht hatte. Ihre weiteren Worte aber ... Ein Schleier legte sich über Mara-Oans Augen, die zwischen tiefen Falten hervorblickten, als sie mit zitternder Hand gen Himmel wies.

»Die mordende und zeugende Pforte des Lichts hat

sich aufgetan«, murmelte sie. Dann brach sie zusammen. »Ebenen dort, wo einst Berge standen. Die Sonne geht im Westen auf, geht im Osten unter.« Ihre Stimme war kaum vernehmbar. »Eis und Schnee tauschen die Rollen mit der Hitze. Derjenige, der hierbleibt, wird sich anderswo wiederfinden.«

Das Gewand, welches Mara-Oans Seele umhüllte, war bereits arg zerschlissen. Keiner kannte ihr Alter, auch sie selbst nicht. Oft sah man ihre hockende Gestalt vor dem Feuer, die sich vor und zurück wiegte, hörte ihr klagendes Flehen: »Laß mich endlich aus dieser verrotteten, schwärigen Höhle hinaus! Sie ist so schwer!« Tränenbäche rannen über ihr kleines, verhutzeltes Mumiengesicht. »Gut«, sagte sie und legte den Kopf in die Hände mit den knotigen Fingern. »Schon gut. Ich will noch bleiben. Doch nur bis dann ... bis dann!« Sie lehnte sich zur Seite und sank neben den lohenden, funkensprühenden Flammen in einen tiefen Schlaf, erwachte auch nicht, als die Beobachter sie zu ihrem Lager trugen. Doch in der Dämmerung erwachte sie wieder zu einem schleierhaften Halbbewußtsein und spann ihre wahnwitzigen, mit Weisheit vermischten Visionen weiter.

Das Kind in Hsiao Vams Leib war bereits sehr ungeduldig. Sie legte die Hand auf den Bauch und spürte seine Tritte mit der Handfläche. Und wenn sie nun *seine* Seele befragte? Sie spürt, daß es bei ihr war und mithalf, den neuen Körper in ihr zu bauen. Das Kind erschien ihr im Traum, ein kleines Mädchen. Sein Gesicht war nicht so flach und so breit wie das ihre, sondern fein, schmal, doch die Augen waren schräg geschnitten. Die Stirn war hoch, der Mund mit den Perlenzähnen öffnete sich zu einem strahlenden Lächeln. Sie liebte das Kind schon jetzt über alles und ... und sie war sich gewiß, daß es älter und klüger war als sie selbst. Es beruhigte sie stets, wenn sie von ihm träumte, als würde sie im lauwarmen Nest des Lichtes der Morgensonne schaukeln, die aus dem geborstenen Eis der frostigen Nacht hervorbrach.

Plötzlich ertönte Kindergeschrei, ein Kind weinte, dann noch eins, und dann immer mehr und mehr. In der kalten, dünnen Luft hallte das Weinen der Neugeborenen tausendfach von den Bergen wider.

Hsiao Vam spürte, daß ihre Fruchtblase geplatzt war und daß das Licht bei Sonnenaufgang ihr kleines Mädchen bereits außerhalb des Mutterleibes begrüßen würde. Sie eilte in ihre kleine geschützte Nische zurück. Ihr Mann, der Erinnernde, war bereits wach und erwartete sie. Als sie sich dann auf ihren weichen Decken ausstreckte, erstrahlten draußen die Berge in rosigem Licht. Frauen kamen zu ihr herein, aber sie bedurfte keiner Hilfe. Ihr kleines Mädchen glitt schmerzlos aus ihr heraus und schaute sie mit demselben strahlenden Lächeln an, das sie so oft im Traum gesehen hatte.

In dieser seltsamen Nacht gebaren die Frauen ihres Volkes zwölf gesunde, schöne Kinder, leicht und ohne Schmerzen.